DIE BRAUT
DIE SICH NICHT TRAUT
RUNAWAYBRIDE

JULIA **ROBERTS** RICHARD **GERE**

DIE BRAUT
DIE SICH NICHT TRAUT

RUNAWAY BRIDE

ROMAN VON

ANDY GREEN

BSV
Burgschmiet Verlag

Die Deutsche Bibliothek – CIP-Einheitsaufnahme –
Ein Titelsatz für diese Publikationen ist bei der Deutschen Bibliothek erhältlich.

ISBN 3-933731-21-6 – 1. Auflage 1999
Covergestaltung: Susanne Gebert
Satz: Reiner Swientek Fotosatz

PRINTED IN GERMANY

Die Braut, die sich nicht traut

1

Mit einem großen Satz brach die Reiterin aus dem Maisfeld. Krähen, die eben noch friedvoll Körner aus den Kolben gepickt hatten, stiegen krächzend in den kristallenen Herbsthimmel. In einem Höllentempo jagte die junge Frau weiter den Hügel hinauf, so als säße ihr der Teufel höchstpersönlich im Nacken.

Mit letzter Kraft klammerte die Reiterin sich in der wehenden Mähne ihres Rosses fest. Obwohl sie alle Mühe hatte, nicht aus dem Sattel zu fallen, trieb sie das Tier durch ungestüme Tritte in die Flanken zu noch größerer Leistung an. Schaum flockte vom Maul des gehetzten Tieres, die Nüstern waren weit aufgebläht, der ganze Leib bebte und zitterte zwischen den Schenkeln der Reiterin.

Was mochte die junge Frau dazu gebracht haben, in einer derartig gnadenlosen Hetzjagd Reißaus zu nehmen? Was mochte ihr einen so gewaltigen Schrecken eingejagt haben, daß sie das Risiko nicht scheute, sich den Hals zu brechen? Und das an dem Tag, der allgemein als der schönste im Leben einer Frau galt; zudem genau in jenem weißen Kleid, das sie nur einmal in ihrem Leben tragen sollte – ihrem Brautkleid?

Um ihr Haar schlang sich ein Blumenkranz, darunter befand sich ein Schleier, der wie eine Fahne hinter ihr herwehte. Mit letzter Kraft erreichte der Hengst die Anhöhe. Sekunden später war die Reiterin dahinter verschwunden.

Eine Weile noch ließ sich das Trommeln der Hufe vernehmen. Dann wurde es vom Wind verschluckt, der vom Meer herauf zärtlich über die Hügel Marylands strich.

Zurück blieb nur der Brautstrauß, der inmitten satter Wiesen vor sich hinzuwelken begann.

2

Ike Graham wußte an diesem Morgen nicht genau, welcher Alptraum schlimmer war: der, aus dem er gerade schweißgebadet hochgefahren war, oder der, den man gemeinhin das wirkliche Leben nannte. Seine ganze Angst bündelte sich an diesem Morgen – der schon eher gegen Mittag ging – in der Angst vor einem makellos weißen Blatt Papier, die nur noch übertroffen wurde von dem Horror, den ihm der blanke Bildschirm seines Computers bereitete, wenn der Cursor darauf blinkte und unnachgiebig wie der Rohrstock eines strengen Zuchtmeisters nach Texteingabe verlangte.

Mühsam kämpfte Ike sich aus seiner Bettdecke, stapfte zum Fenster und zog die Jalousien hoch. New York war noch da, und die alte Lady hatte in der vergangenen Nacht nichts von ihrem unwiderstehlichen Charme verloren. Noch immer der gleiche Lärm, die gleiche abgasgeschwängerte Luft, die gleiche Hektik. Zumindest war die Hitze des Hochsommers, die einem zuweilen das Gehirn kochen ließ, endlich vorüber, ein milder Spätsommer kündigte sich an.

Wie jeder New Yorker liebte und haßte Ike diese Stadt, und zwar gleichzeitig. Wenn er von *seinem* New York sprach, dann meinte er ausschließlich Manhattan, nichts sonst. Wer wohnte schon in Brooklyn, der Bronx oder gar Queens?

Mit bleiernen Schritten schlurfte er ins Bad. Verdammt, dachte er vor dem Spiegel, hast auch schon mal besser ausgesehen, Homer Eisenhower Graham. Aber nichts, was eine kalte Dusche nicht hinkriegen würde. Auch wenn er sich noch so sehr bemühte, irgendwann konnte er sich nicht mehr darum drücken, die Arena seines Schreibtisches zu betreten. Bei „USA Today“ wartete man schon auf seine täglichen hundertfünfzig Zeilen.

Ike hob einige der Notizzettel auf, die über den Tisch gestreut waren wie Konfetti, verzog eins ums andere Mal die Miene und knüllte schließlich jeden zusammen. Alles Müll!

Diese gottverdammte Kolumne würde ihn eines Tages um seinen Verstand bringen, soviel stand fest. Ike konnte sich kaum noch an die Zeit erinnern, in der er witzig und inspiriert geschrieben hatte. Mußte eine Ewigkeit her sein. Niemand wußte besser als er selbst, daß sein locker ironischer Stil sich in Zynismus verwandelt hatte wie Wein in Essig, daß seine Kritik des American Way of Life zu einer Aneinanderreihung von Klischees verkommen war.

Schluß mit dem Selbstmitleid, dachte Ike; laß uns den Stier da packen, wo es ihm am wehsten tut: an den Eiern.

Er warf sich sein Jackett über und verließ die Wohnung. Kaum auf der Straße, fühlte er sich schon besser. Überall Menschen. Geschichten auf zwei Beinen. Man mußte nur Augen und Ohren aufhalten.

Diese Baustelle zum Beispiel. Ließ sich daraus wirklich nichts machen? Schon seit Monaten stand hier ein Haufen muskelbepackter Kerle herum, die – jeder für sich – einem Arnold Schwarzenegger ohne weiteres das Fürchten lehren konnten. Und trotzdem bewegte sich hier seit Monaten kein Stein. Zumindest war nichts davon zu bemerken.

„Wenn ihr hier nicht bald fertig werdet“, rief Ike einem der Männer zu, „wird man von euch bald Miete kassieren.“

Die Bauarbeiter kannten Ike bereits. Er kam hier so gut wie jeden Tag vorbei. Einer von ihnen machte eine abfällige

Handbewegung und meinte: „Ich wünschte, Ihre Kolumne in ‚USA Today' wäre nur halb so witzig wie Ihre Sprüche."

Ike holte sein Handy hervor und wählte eine Nummer. Heb' schon ab, Fisher, dachte er ungeduldig, ich hab ein paar Ideen, die ich gern loswerden möchte.

Baldwin Fisher, den alle nur Fish nannten, war ein alter Freund Ikes. Sie hatten gemeinsam bei „USA Today" angefangen. Doch ihre Karrieren waren sehr unterschiedlich verlaufen. Ike hatte die Kolumne bekommen, Fish zunächst eine feste Anstellung und später Ikes Ex-Frau Ellie, die vor ein paar Jahren zur Chefredakteurin aufgestiegen war. Von da an hatte er sich bemüht, unabhängiger von der Zeitung zu werden und seit einiger Zeit arbeitete er freiberuflich.

Ike hatte deshalb nie schlechte Gefühle gehabt, weder Fisher noch Ellie gegenüber. Wieso auch? Die Sache mit Ellie war damals schon längst vorüber gewesen. Und wegen einer Frauengeschichte hätte Ike bestimmt keine Freundschaft belastet. Er kannte keine Frau, die das wert war.

Am anderen Ende meldete sich nur Fishers Anrufbeantworter. „Wo steckst du denn, Fish?" rief Ike mißgelaunt in den Hörer, während er den Bürgersteig hinabging. „Na schön, hör zu. Ich hab vor, heute über diese Talkshow-Heinis zu schreiben. Was hältst du davon?"

Was hältst du davon? hallte die Frage in seinem Kopf nach. Ihm war klar: Ein Heer von Musen mußte einen schon küssen, ehe man aus diesem ausgelutschten Thema wenigstens ein Mindestmaß an Originalität heraussaugen konnte. Damit war die Story abgehakt. Ike fühlte sich beschissen. Er klammerte sich an jeden Strohhalm. Komm, Junge, dachte er, jetzt bloß nicht ganz ins Loch fallen.

Eine Limousine rollte heran. Eine reiche Lady mittleren Alters stieg aus. So aufgetakelt wie sie war, hätte sie jedem Weihnachtsbaum Konkurrenz machen können.

„Entschuldigen Sie", sprach Ike sie an, „mein Name ist Ike Graham, ich schreibe eine Kolumne in ‚USA Today'. Vielleicht haben Sie ja schon mal was von mir gelesen. Diesmal möchte ich über Limousinen schreiben. Was würden Sie zu jemandem sagen, der noch nie in einer Limousine gefahren ist?"

Die Lady warf einen abschätzigen Blick auf Ike. Sie schien sich nicht ganz sicher zu sein, ob sie diesen Mann ernst nehmen konnte oder ob sie einen dieser Verrückten vor sich hatte, von denen es in New York nur so wimmelte. „Tut mir leid", sagte sie schließlich, „aber ich kenne keine solchen Leuten."

Ike schüttelte den Kopf und stiefelte weiter. Er kam sich wie ein kompletter Idiot vor.

Ein schwarzes Loch tat sich vor ihm auf, und darüber stand in dicken Lettern: „Schreibblockade". Panik ergriff Ike. Hol' mich der Teufel, dachte Ike; jede Ritze dieser gottverdammten Stadt steckt voller neuer, unverbrauchter, witziger Geschichten. Er konnte sie geradezu riechen. Aber sobald er nach einer von ihnen greifen wollte, glitt sie ihm durch die Finger wie ein Stück Seife.

Hektisch wählte er Fishers Telefonnummer. Der Klang des Anrufbeantworters stürzte ihn in tiefe Verzweiflung. „Wo steckst du nur, Fisher! Ich muß jetzt mit jemandem reden, nur um die Sache in Gang zu bringen, nicht mehr. Ich hab noch eine Stunde, siebenundzwanzig Minuten und zweiundfünfzig Sekunden."

„He, Ike!" erklang da eine Stimme in Ikes Rücken. „Wann wirst du mich endlich in einer deiner Kolumnen erwähnen?“ Ike wandte sich um. Charlie, ein T-Shirt-Verkäufer, kam mit einem breiten Grinsen auf ihn zu.

„Wenn du endlich T-Shirts verkaufst, die nicht einlaufen“, erwiderte er und ging weiter. Er brauchte jetzt dringend einen Drink, um locker zu werden.

Das „Kevin's“ lag an der Bleeker Street, Ecke Grove Street und damit mitten im Village. Abends trieben sich hier eine Menge Leute aus dem schreibenden Gewerbe herum. Nicht unbedingt die großen Stars, auch wenn die Wände mit ihren signierten Bildern gepflastert waren. Doch die Zeiten waren längst vorbei. Heute traf man hier nur noch Fußvolk.

Kevin, der Besitzer des Ladens und Barkeeper in einer Person war, stand hinter dem Tresen und spülte Gläser, als Ike hereinschneite. An der Theke saß eine Blondine und rauchte Lucky Strike. Ohne Filter. Ihr Glas war leer. Ike und Kevin tauschten Blicke aus, während Ike sich auf einem Barhocker niederließ. Immerhin, dachte Ike. Selbst wenn einem gar nichts mehr einfiel, über eine Blondine ließ sich immer etwas schreiben.

„Ich nehme einen Scotch ohne alles, und was nehmen Sie?“ Völlig unvermittelt wandte er sich an die Frau am Ende der Bar.

Sie sah ihn an. „Wußte gar nicht, daß Sie hier der Barkeeper sind“, erwiderte sie.

„Bin ich auch nicht. Mein Name ist Ike Graham. Ich möchte Sie gerne auf einen Drink einladen.“

„Sie meinen doch nicht etwa *der* Ike Graham?“ Wieso hörte sich seine Name aus ihrem Mund so an, als habe sie „Arschloch“ gesagt?

„Sie kennen meine Kolumne?“ fragte Ike.

„Hätten Sie mir nicht zugetraut, was? Nachdem, was Sie über Blondinen schreiben."

„Einer Frau wie Ihnen traue ich so ziemlich alles zu."

Das Lächeln auf ihrem Gesicht wirkte gequält, und das sollte es auch. „Betty", sagte sie dann und zündete sich eine Zigarette an. „Wie bitte?"

„Sie wollten mich sicher gleich fragen, wie ich heiße. Betty."

„Betty", wiederholte Ike und lächelte. „Darf ich Sie auf einen Drink einladen, Betty?"

Sie wandte sich an den Barkeeper. „Können Sie mir einen Cuba libre machen?"

„Was glauben Sie, was das hier ist?" fragte Kevin. „Eine Losbude?"

Wenig später kamen die Getränke. Betty nippte an ihrem Cuba libre und meinte darauf mit einer Spur von Sarkasmus, die Ike keineswegs entging: „Und worauf darf man sich morgen in Ihrer Kolumne freuen?"

„Ich weiß noch nicht", erwiderte er. „Ich bin ein Mann der letzten Minute, verstehen Sie? Meine besten Ideen kommen erst ein oder zwei Stunden vor Redaktionsschluß."

Betty ging hinüber zur Dartscheibe und holte die Wurfpfeile. „Sehr interessant", sagte sie, während sie zu werfen begann. „Sie holen sich Ihre Ideen wohl aus dem richtigen Leben, was? Sie gehen in eine Bar, verwickeln eine Frau in ein Gespräch und überlegen dabei die ganze Zeit, ob sie es wert ist, daß sie über sie herziehen."

Ike beobachtet nicht ohne Bewunderung, wie sie ihre Pfeile immer näher am Mittelpunkt der Dartscheibe plazierte. Erst der letzte ging genau ins Schwarze. Nicht schlecht.

„Wissen Sie“, sagte er schließlich, „wenn ich über Sie herziehen sollte, setzt das voraus, daß mir zu Ihnen auch etwas einfällt, daß Sie mich inspirieren.“

Betty ging zurück zur Bar, nahm ihr Gals und leerte es in einem Zug. „Dann sollte ich mich also auch noch geschmeichelt fühlen.“

„Sie verstehen mich falsch.“

„Ich verstehe Sie ganz richtig. Da ich nicht auf Ihre Anmache eingegangen bin, wird unsere Begegnung wohl zu einem dieser beißenden Pamphlete führen, die Sie so gerne über Frauen verfassen.“

„Ich schreibe doch keine beißenden Pamphlete über Frauen“, versetzte Ike und verschanzte sich hinter einem Lächeln.

„Zumindest nicht oft.“

„Verstehe; nur wenn Ihnen sonst nichts einfällt.“ Sie nahm ihre Handtasche. „Es war sehr interessant, Sie kennenzulernen, Sie Mann für eine Minute.“

Ein kurzes Lächeln, dann wandte sie sich um und ging.

„Es heißt: Mann der letzten Minute“, rief Ike ihr hinterher. „Außerdem kommt es sowieso nur auf die Qualität an.“ Er kippte seinen Scotch in einem Zug hinunter.

„Für einen gutaussehenden Mann bist du aber gerade ganz schön abgeblitzt“, sagte Kevin und brachte unaufgefordert einen neuen Drink. „Der geht auf's Haus.“

„Das ist noch gar nichts“, kam da eine Stimme vom anderen Ende des Tresens. „Ich hab eine viel üblere Abfuhr erlebt.“

Wo kommt der denn her? dachte Ike. Saß der die ganze Zeit schon dahinten in der Ecke? Er hatte ihn jedenfalls nicht bemerkt. Und er hatte auch nicht vor, daran etwas zu ändern.

Allerdings wollte der andere sich damit nicht abfinden. Deutlich lauter wiederholte er: „Ich sagte, ich hab das schon viel übler erlebt."

Ike wandte sich um. Ein Blick genügte, um zu wissen, daß der Fremde kein New Yorker war. Und angetrunken war er obendrein. „Reden Sie mit mir?" fragte Ike.

„Allerdings. Die Abfuhr, die Sie eben gekriegt haben. Entschuldigen Sie, daß ich mich so einmische. Ich bin George." Er stand auf, ging zur Dartscheibe und nahm die Wurfspieße ab. „Ich hab schon einen viel gemeineren, schändlicheren Abgang erlebt", sagte er dabei. „Sie wissen gar nicht, welches Glück Sie eben hatten. Sie waren unter sich, als die Blondine Sie abblitzen ließ."

„Offensichtlich nicht ganz."

Ike hatte keine Lust, das Gespräch fortzusetzen. Er wandte sich an Kevin. „Hast du vielleicht ein paar Servietten für mich?"

„Willst du schreiben oder deine Tränen abwischen?"

„Wirst schon sehen."

Kevin legte einen Stapel Servietten vor Ike auf den Tresen. Dieser holte einen Kugelschreiber heraus und begann Notizen zu machen. In seinem Rücken vernahm er ein dumpfes tack – tack – tack, das rasch an Heftigkeit zunahm. Es war George, der auf die Dartscheibe warf. Dabei sagte er zu Ike: „Geben Sie's Ihnen so richtig. Sie verdienen es nicht besser. Mal lieben sie dich, mal hassen sie dich; mal sind sie heiß, mal sind sie kalt; mal geht's ihnen gut, dann wieder schlecht..."

„Mal liegen sie oben, mal liegen sie unten", fiel Ike ein. „Macht wirklich Spaß, diese Litanei mit Ihnen herunterzubeten. Ich muß allerdings eine Kolumne schreiben, und die Zeit wird langsam wirklich knapp."

„Sie haben doch nicht den Funken einer guten Idee", meinte George unbeirrt.

„Aber ich habe eine. Mit der Geschichte, die ich Ihnen erzähle, können Sie glatt den Pulitzer-Preis abräumen. Schreiben Sie über dieses Mädchen aus meiner Heimatstadt."

Ike holte ein paar Dollarnoten aus seiner Hosentasche und legte sie auf den Tresen. Ein deutliches Zeichen, daß er sich durch George belästigt fühlte. Das konnte Kevin in seinem Laden nicht dulden.

„Hören Sie, Mister", wandte er sich entschieden an George, „wir brauchen hier keine neuen Ideen."

Swilling scherte sich nicht darum. „Die Frau", fuhr er mit blitzenden Augen fort, „macht sich einen Scherz daraus, ihren Männern am Altar den Laufpaß zu geben. Das heißt, eigentlich ist ja sie es, die wegläuft. Deshalb nennt man sie bei uns nur ‚die Braut, die sich nicht traut'."

Ike und Kevin sahen sich kopfschüttelnd an. Dieser Kerl mußte verrückt sein. Oder er war betrunken.

„Sieben- oder achtmal hat sie es schon so gemacht", redete George mit zunehmender Erregung weiter. „Sie steht vor dem Altar, der Priester stellt seine Frage – und was macht sie? Sie fährt herum und rennt wie der Teufel zur Kirche hinaus. Sie kämpft sich durch die ganze Hochzeitsgesellschaft in ihrem Rücken, rennt alte Damen und Kinder um; es geht zu wie bei einer Fiesta in Pamplona."

Genau das werde ich jetzt auch tun, dachte Ike, steckte seine beschriftete Serviette ein und wandte sich zur Tür. George sprang ihm hinterher und hielt ihn fest. „Hören Sie doch, Mister, die Geschichte ist gut!"

Ike schüttelte den Kopf. Das Ganze klang so unglaubwürdig, das würde ihm niemand abnehmen. George gab nicht auf. „Wissen Sie, was überhaupt das Beste an der Geschichte ist?“

„Sie werden es mir bestimmt gleich sagen“, meinte er schicksalergeben.

„Ihr nächstes Opfer steht immer schon bereit.“

George sah Ike fordernd an. Wenn das keine gute Geschichte war. Ikes graue Zellen kamen tatsächlich langsam in Bewegung. Wenn man es sich recht überlegte, hatte die Sache eine gute Pointe. Trotzdem war er nicht völlig überzeugt.

„Nun stellen Sie sich doch einmal vor“, setzte George erneut an. „Eine Kleinstadt in Maryland...“

Wie ein Wirbelwind hetzte Ike nach Hause. Plötzlich war er dagewesen, der Rohdiamant, nach dem er gesucht hatte und dem er jetzt nur noch den richtigen Schliff zu verpassen mußte. Endlich spürte er wieder soetwas wie Inspiration, und es juckte ihn in den Fingern, endlich in die Tasten zu hauen. In seiner Wohnung angekommen, warf er sein Jackett achtlos über die Stuhllehne. Wenig später strömten die Worte aus ihm heraus wie flüssiges Gold:

„Dies ist eine Nacht tiefster Selbstbetrachtung. Man hat mir vorgeworfen, ich würde diese Kolumne dazu benützen, beißende Pamphlete an das andere Geschlecht zu richten. Diese unangenehme Anschuldigung hat mich dazu veranlaßt, eine geschlagene Viertelstunde in mich zu gehen. Mit dem reinsten Gewissen kann ich nun bekennen: Ja, ich handle mit Klischees über Frauen.

Aber wer will mir das vorwerfen? Sobald ich über die Schwelle meiner Tür trete, begegnet mir der tausendfache Beweis, daß das weibliche Klischee lebt und sich bester Gesundheit erfreut. Die Mutter, die Jungfrau, die Hure, die keifende Alte – sie rammen einem in der U-Bahn die Ellbogen in die Rippen, schnappen einem das letzte Taxi weg und ersticken einen mit ihren Duftschwaden im Aufzug."

Ike sah vom Bildschirm auf und rieb sich zufrieden die Hände. Er spürte, daß dies eine gute, eine herausragende, eine brilliante Kolumne werden würde, ein absoluter Höhepunkt in seiner Karriere. Gut möglich, daß er ein Arschloch war. Aber war es nicht genau das, was seine Leser von ihm erwarteten?

„Vielleicht aber sollte ich, um dem schönen Geschlecht mehr Gerechtigkeit widerfahren zu lassen", fuhr er fort, „meinen Horizont etwas erweitern und dem Pantheon einige neue Gottheiten hinzufügen. Für die Beförderung zur Gottheit würde ich folgende Kandidatinnen vorschlagen: die Cheerleader, die Studentin und den männermordenden Vamp, wobei ich mich mit letzterer ausführlicher beschäftigen möchte.

Um fair zu sein, muß ich bekennen, daß der Typus des männermordenden Vamps nicht gerade neu ist. Im antiken Griechenland waren diese gefürchteten Frauen als Erynnien bekannt, die verschlingenden Todesgöttinnen. In Indien hieß sie Kali, die die Eingeweide ihres Liebhabers Shiva zu verspeisen pflegte. In Indonesien heißt die blutrünstigte männerfressende Bestie Ragma. Und in Hale, Maryland, wo sie im Eisenwarenladen ihre Familie mithilft, heißt sie Miss Maggie Carpenter. Doch weit und breit kennt man sie vor allem unter einem Namen: die Braut, die sich nicht traut..."

3

Hale in Maryland war eines jener Provinzstädtchen, in denen Amerika sich selbst am nächsten war. Von New York, Boston oder Chicago aus blickte man nicht ohne eine gewisse Überheblichkeit auf diese anscheinend gesichtslosen Ansiedlungen, doch das beruhte durchaus auf Gegenseitigkeit. Die wahre Seele Amerikas – so sahen es die Menschen in Hale – war hinterwäldlerisch, daran hatte sich seit den Tagen eines Thomas Jefferson nichts geändert; und auch nicht an dem Stolz, mit dem man seine Provinzialität vor sich hertrug.

Der Morgen hatte das kleine Städtchen eben wachgeküßt, die breite Hauptstraße, Herz und Hauptschlagader Hales, begann sich zu beleben. Bis die Banken und Geschäfte öffneten, würde es noch ein wenig dauern. Nur Betty Trout schloß bereits ihre Bäckerei auf, in der es so wunderbar nach ofenfrischem Brot und knusprigen Semmeln, nach Nußhörnchen und Zimtschnecken roch.

Ein paar Hausnummern weiter servierte Daisy Pressman, eine resolute Dame um die Fünfzig, in ihrem Café Toast, Käse, Schinken, sowie Rührei mit Speck, und dazu einen Kaffee, der Tote wiedererweckt hätte. Punkt acht Uhr band Mrs. Pressman jedoch ihre Schürze ab und übergab das Café an ihre Kollegin Phillis. Es war Zeit für ihre allmorgendliche Maniküre.

Als Peggy Phleming an diesem Morgen die Zeitung aufschlug und Ike Graham's Kolumne las, blieb ihr regelrecht die Luft weg. Peggy war Geschäftsführerin des einzigen Schönheitssalons in Hale. Sie hatte den Laden eben aufgeschlossen und wartete zusammen mit ihrer

Kollegin Cindy auf Kundschaft. Mrs. Pressman mußte gleich kommen, sie war für gewöhnlich die erste. Cindy saß unterdessen in einem der Frisierstühle und brachte ihrem Terrier Sprout Kunststückchen bei.

Da ging die Tür auf, Mrs. Pressman kam mit einem freundlichen „Guten Morgen, ihr beiden!" herein.

„Unglaublich!" rief Peggy entrüstet aus und schüttelte den Kopf. „Eine Frechheit!"

Mrs. Pressman wußte nicht, ob sich das auf sie bezog. „Was hab ich denn Schlimmes verbrochen?" fragte sie vorsichtshalber.

Peggy blickte auf. „Mrs. Pressman!" rief sie aus. „Sie kommen gerade recht! Hören Sie sich das an."

„Was ist denn los?"

„Über Maggie steht was in der Zeitung."

„Was Sie nicht sagen! Hat sie einen Preis gewonnen?"

„Nicht unbedingt."

Peggy nahm die Zeitung und las an der Stelle laut weiter, an der sie bei Mrs. Pressmans Eintreten zu lesen aufgehört hatte: „Das Ungewöhnliche an Miss Carpenter ist, daß sie ihre Opfer zuerst als Bräutigam aufputzt, ehe sie sie verschlingt. Auf diese Weise hat sie schon sechs Männer ausgeweidet, indem sie sie am Altar einfach stehen ließ." Peggy knüllte die Zeitung zusammen. „Ich kann einfach nicht weiterlesen", sagte sie.

Mrs. Pressman nahm ihr die Zeitung aus der Hand und führte die Lektüre fort: „Ihr rituelles Festmahl geht weiter, denn wie man hört, hat sie schon ihr siebtes Schlachtopfer ausgewählt. Wetten werden noch angenommen, ob diese Braut sich auch diesmal wieder als Bumerang entwickelt." Mrs. Pressman blickte verstört auf. „Donnerlittchen!" Das war alles, was ihr dazu einfiel.

„Wir müssen das sofort Maggie zeigen“, sagte Peggy völlig außer sich.

„Allerdings“, pflichtete Mrs. Pressman ihr bei.

Die beiden Frauen verließen augenblicklich den Schönheitssalon. Sie brauchten nur die Straße zu überqueren, und standen vor einem Laden, über dessen breiter Eingangstür die Aufschrift „Hale's Eisenwarenladen“ stand. Peggy wollte schon hineingehen, als Mrs. Pressman sie zurückhielt. „Damit das klar ist“, sagte sie, „Sie bringen das Maggie bei.“

„Das können Sie viel besser als ich, Mrs. Pressman.“

„Kommt gar nicht in Frage, meine Liebe. Sie sind ihre beste Freundin, nicht ich.“

„Wir werden sehen“, meinte Peggy und schob die Ladentür auf.

Dort erwartete sie das gesamte Sortiment an Eisenwaren. Regale voll mit Töpfen, Pfannen und Kesseln, schachtelweise Nägel und Schrauben in allen denkbaren Größen, Sägen, Hämmer, Ventilatoren... Doch woher kam die unerwartete Freundlichkeit, mit der dieser Laden seine Besucher empfing? Alles hier strahlte einen Zauber aus, der einlud, ein wenig länger zu bleiben als nötig, nur um diese unerklärlich angenehme Atmosphäre zu genießen.

Peggy und Mrs. Pressman waren an diesem Morgen allerdings viel zu aufgeregt, um den Charme des Eisenwarenladens gebührend zu würdigen. Ihr Blick schweifte durch den Raum. Von Maggie war nichts zu sehen. Nur der alte Mister Paxton stand am Verkaufstresen. Er schien auf etwas zu warten. Das Blut der beiden Frauen gefror in den Adern. Was lag da auf dem Ladentisch! Die „USA Today“ des Tages, die Seite mit Ike Grahams giftspritzender Kolumne war aufgeschlagen.

Den beiden Frauen blieb nur wenig Zeit sich zu fassen, denn in diesem Moment erklang Maggies glockenhelle Stimme aus dem Lager. „Heute ist Ihr Glückstag, Mister Paxton!“ rief sie, um gleich darauf höchstselbst zu erscheinen.

Maggie Carpenter hatte dieses gewisse Etwas, das niemanden unberührt ließ. Es gab viele junge Frauen hier und anderswo, die Charme, Witz und Ausstrahlung hatten. Doch Maggie hatte sehr viel von alldem; und dazu besaß sie noch diese großen dunklen Augen und ein Lächeln, dem sich nichts in den Weg stellte.

In einer Schürze, auf die der Schriftzug „Hale's Eisenwarenladen“ gestickt war, kam sie jetzt auf Mr Paxton zu. „Sehen Sie, was ich hier habe?“ rief sie schon von weitem. „Einen alten Wasserhahn, auf dem die Aufschrift ‚heiß‘ und ‚kalt‘ noch bestens zu lesen ist; paßt an jede Wasserleitung mit einem Vier-Inch-Gewinde nach der Amerikanischen Norm, wie sie zwischen 1924 und 1938 verwendet wurde. Mit anderen Worten –“ und dabei blinzelte sie dem alten Mann komplizenhaft zu – „Sie sind Ihre Schwierigkeiten mit Mrs. Paxton los.“

„Halleluja!“ jubelte Paxton, für den gerade das Unmögliche Wirklichkeit geworden war.

„Ich setze es auf Ihre Rechnung, Mister Paxton.“

„Vielen Dank. Sie sind ein Engel, Miss Carpenter. Wenn ich noch einmal jung wäre...“

„Seien Sie froh, daß Sie mir erst in Ihrem Alter begegnet sind, Mister Paxton; ich meine, in Ihrem eigenen Interesse.“

Paxton sah den Wasserhahn immer wieder mit fassungsloser Freude an, während er Maggie zum Ausgang folgte. Sie hielt ihm die Tür auf und verabschiedete sich.

„Na, ihr beiden“, sagte sie im Vorübergehen zu Mrs. Pressman und Peggy. „Ihr seht heute so ernst aus. Was ist los?“

Sie blieb jedoch nicht stehen, sondern lief hinter ihren Verkaufstresen, nahm das Rechnungsbuch aus einer Schublade und schrieb den Preis des Wasserhahns in Paxtons Rechnung. Als sie wieder aufblickte, sah sie in die immer besorgter werdenden Mienen ihrer Freundinnen.

„Was ist denn?“ fragte Maggie.

Peggy deutete auf die aufgeschlagene Zeitung neben ihr. „Du hast...“, druckste sie herum; „du kennst den... den Artikel?“

Maggies Gesicht wurde ernst. „Allerdings“, sagte sie, „wie hätte ich das auch übersehen können. Und eins muß ich schon sagen: das ist der übelste und beleidigendste –“ Sie hielt inne, blickte zwischen Peggy und Mrs. Pressman hin und her, ehe sie den Satz beendete: „ – Witz, den sich jemals jemand mit mir erlaubt hat.“ Dann kehrte das gewohnte Lächeln wieder auf ihr Gesicht zurück, und sie fuhr fort: „Ihr habt wirklich Humor. Wer von euch hat das ausgeheckt? Und wie lange habt ihr dafür gebraucht? Muß ja eine Heidenarbeit gewesen sein. Wo läßt man sowas überhaupt machen? Ich meine, es sieht wirklich echt aus.“

Maggies Heiterkeit wuchs von Sekunde zu Sekunde, während Mrs. Pressman und Peggy immer betretener dreinblickten.

„Ihr seid mir vielleicht Freundinnen! Ich sollte euch glatt von meiner Hochzeit ausladen. Überhaupt! Wieso habt ihr geschrieben, ich wäre siebenmal davongelaufen. Ihr wißt genau, daß es nur dreimal waren.“

„Maggie", fiepste Peggy mit versagender Stimme, „du hast uns doch gesagt... keine Scherze vor deiner Hochzeit... und... daran haben wir uns auch gehalten."

„Donnerlittchen", sagte Mrs. Pressman, während Maggies Lächeln innerhalb von Sekunden verschwand. Ihre Miene verfinsterte sich und sie schlug mit voller Kraft auf Ike Grahams Kolumne ein.

„Wißt ihr", sagte Maggie unsicher und ohne aufzublicken, „jetzt wäre genau der richtige Moment, um mir zu sagen, daß das da eine Fälschung ist."

Sie wartete auf den erlösenden Satz, auf einen schelmischen Stoß in die Seite, auf Mrs. Pressmans Gekicher. Doch nichts von alledem kam.

„Ihr kennt mich. Ich habe eimerweise Humor. Aber ich finde es trotzdem nicht lustig, sowas endlos in die Länge zu ziehen", meinte sie mit trockener Kehle. Doch auch diesmal folgte ihren Worten nur eine quälende Stille. „Na schön. Es gibt andere Wege, die Wahrheit rauszukriegen. Echte Zeitungen verschmieren, wenn man darüberfährt, gefälschte nicht."

Sie packte die Zeitung und rieb sie mit aller Kraft an ihrer Schürze. Als sie die schwarzen Schmierstreifen erblickte, die auf dem Stoff zurückblieben, setzte ihr Herz einen Schlag aus. Im nächsten Moment wurde ihr schwarz vor Augen.

Ihre Freundinnen sahen, daß sie gleich umkippen würde, fingen sie auf und ließen sie sanft auf den Boden gleiten. Maggies Atem ging kurz und heftig. Sie drohte zu hyperventilieren.

„Eine Tüte", keuchte sie, „schnell, eine Tüte."

Mrs. Pressman griff nach einer Tüte unter dem Tresen und drückte sie Maggie in die Hand. Maggie hielt sie sich an den Mund und atmete hinein. Nach kurzer Zeit wurde ihr Atem wieder ruhiger. Doch in ihrem Innern brodelte es immer noch wie in einem Vulkan, der jederzeit ausbrechen konnte.

„Das soll er mir büßen“, preßte sie zwischen zusammengebissenen Zähnen hervor, „dieser gottverdammte Hundesohn.“

Die Musik brüllte auf voller Lautstärke durch den Raum. Heavy Metal der übelsten Sorte. Von der Decke hing ein Sandsack. Immer wieder vergrub Maggie ihre Fäuste darin. Aber eigentlich war es nicht der Sandsack, den sie so brachial vermöbelte, sondern Ike Graham, der Mann, der sie mit seiner Kolumne zum Gespött der ganzen Nation gemacht hatte.

Maggie war sich völlig im Klaren darüber, daß sie nicht ganz dicht war. Immer wieder vom Altar wegzulaufen – nein, normal war das nicht, soviel wußte auch sie. Aber was sollte sie machen? Es war eine Reaktion. So wie man eben auch vor einem wilden Tier davonlief.

Dabei wünschte Maggie sich nichts so sehr, wie mit einem Mann glücklich zu werden, ein Haus zu haben, eine Familie. Das Wort Familie hatte für sie einen geradezu magischen Klang. Es verkörperte ihre Sehnsucht nach einem Glück, das sie selbst nie wirklich erfahren, woran sie aber immer geglaubt hatte.

Manchmal fragte sie sich, woher sie diesen Glauben nahm. Ihre Mutter Emma hatte ihren Vater betrogen, es war nur ein Seitensprung gewesen, nichts Ernstes im Grunde. Doch ihr Vater war nie darüber hinweggekommen, obwohl – oder gerade weil – er nicht aufhören konnte, sie zu lieben. Die beiden blieben zusammen, aber der Betrug ließ sich nicht ungeschehen machen. Walter begann zu trinken. Er versteckte seinen Schmerz hinter dem, was er „kleine Scherze“ nannte; Scherze, die meistens auf Kosten anderer gingen. Als Emma dann lange vor ihrer Zeit starb, brach das Walter ein zweites Mal das Herz.

Das alles hörte sich nicht gerade nach einer glücklichen Kindheit an, dessen war Maggie sich bewußt. Sie glaubte aber, ihre Lehren daraus gezogen zu haben. Und eine davon, vielleicht die wichtigste war: Eine Frau mußte zu ihrem Mann stehen. Sie wußte, daß sie das konnte. Aber nur unter einer Bedingung: Es mußte der richtige sein.

Deshalb war es eine unverschämte Lüge, daß sie sich einen Sport daraus machte, Männer vorzuführen. Sie war keine männermordende Bestie! Sie hatte es jedes Mal ernst gemeint, war stets entschlossen gewesen, den Bund fürs Leben einzugehen. Sollte sie sich aber ein Leben lang an einen Mann ketten, wenn sie rechtzeitig erkannte, daß sie nicht wirklich zu ihm gehörte – selbst wenn dieses Rechtzeitig erst vor dem Altar, im Angesicht eines Priesters war? Nein, die Ehe war eine heilige Sache, davon war Maggie überzeugt, und wenn ihr Ja nicht aus vollem Herzen kam, dann war es besser, daß sie weglief, solange sie noch Zeit dazu hatte.

Wie auch immer, jedenfalls hatte niemand auf der Welt das Recht, sie zu verurteilen; und schon gar nicht so ein Schmierfink aus New York, dessen erbärmlicher Job es war, alles zu verdrehen und in ein schlechtes Licht zu rücken.

Noch immer hieb Maggie auf den Sandsack ein, aber die Gewalt ihrer Schläge ebbte langsam ab. Ihre Arme wurden müde, die Fäuste begannen zu schmerzen. Der verschwitzte Trainingsanzug klebte an ihrem Körper wie eine zweite Haut. Schließlich hielt sie inne, der Sandsack baumelte noch eine Weile vor ihr her. Sie zog die Boxhandschuhe aus, schaltete das Radio ab und setzte sich an ihren Schreibtisch, auf dem eine Schreibmaschine stand, in die bereits ein Blatt Papier eingespannt war. Sie hatte jetzt genügend Aggressionen abgebaut, um klar genug denken zu können.

„Sehr geehrte Chefredaktion“, tippte sie, „viele Grüße aus der Provinz. Vielleicht glauben Sie ja, die ländliche Schulbildung erstreckt sich nur auf Viehzucht und Ackerbau und nicht auch auf solch hohe Künste wie Schreiben und Lesen. Wie sonst könnten Sie sich die Frechheit herausnehmen, eine frei erfundene Geschichte über mich zu drucken und diese als Wahrheit zu verkaufen?“

Maggie hielt inne und lehnte sich zurück. Sie las den Anfang ihres Briefes noch einmal durch und war mit sich zufrieden. Dieser Ike Graham sollte sein blaues Wunder erleben.

„Ich nehme an“, schrieb sie weiter, „Mister Graham war zu beschäftigt damit, sich verleumderische Lügen darüber auszudenken, wie ich Männer ‚verschlinge‘, um sich mit solch dummen Nebensächlichkeiten wie Wahrheit und Fairneß zu beschäftigen. Das ist ja auch verständlich, denn wenn man ein männermordendes Weib wie mich ins Visier nimmt, bleibt keine Zeit, die Fakten auf ihre Richtigkeit zu überprüfen.

Allerdings können wir menschenfressenden Ungeheuer ziemlich böse werden, wenn wir Dinge über uns lesen müssen, die unsere Gefühle verletzen, wie etwa daß wir aus Berechnung und mit bösen Absichten unsere Verlobten einfach so in die Wüste schicken.

Ich war überrascht, herauszufinden, daß auf dem Chefsessel der „USA Today“ eine Frau sitzt. Vielleicht bin ich ja eine sentimentale Närrin, aber irgendwie habe ich immer gehofft, wir männerverschlingenden Weiber würden zusammenhalten.“

Maggie hielt inne und rieb sich die Hände. Ihr Herz schlug aufgeregt. Jetzt würde sie zum Todesstoß ausholen.

„Wie auch immer“, fuhr sie schließlich fort, „ich schicke Euch Großstadtleuten diese kleine Nachricht nur, um Euch mitzuteilen, daß es mich nach einem rituellen Opfer gelüstet, um meinen Appetit nach Rache zu stillen. Es ist nur eine Kleinigkeit, die ich als Wiedergutmachung verlange: Ike Grahams Kolumne auf einem silbernen Teller. Mit besten Grüßen Maggie Carpenter. P. S. Beiliegend erhalten Sie auch eine Liste mit den gröbsten Unwahrheiten, die Mister Graham in seinem Artikel verbreitet hat. Es sind nicht weniger als fünfzehn.“

Maggie nahm das Papier aus der Schreibmaschine und las sich den Brief noch einmal durch. Sie war vollkommen mit sich zufrieden und setzte ihre Unterschrift darunter.

Ich hoffe, sie feuern dich, Ike Graham, dachte sie; ich hoffe du findest keinen Job mehr und landest in der Gosse, in die du moralisch schon längst hinabgesunken bist.

4

Schon lange hatte Ike sich nicht mehr so gut gefühlt. Bestens gelaunt schlenderte er durch New Yorks überfüllte Straßen. Überall Gedränge, Hektik, Lärm, doch er fühlte sich pudelwohl in diesem alltäglichen Chaos. Das war Leben!

Plötzlich traf ihn eine zusammengerollte Ausgabe der „USA Today" an der Schulter. Ike fuhr herum. Vor ihm stand eine fremde Frau, warf ihm einen bösen Blick zu und ging dann wortlos weiter. Ike lachte laut heraus. Er wußte, wofür das war: für seine frauenfeindlichen Kolumnen. Der schlagkräftige Beweis, daß sie auch gelesen wurden. Was konnte er sich mehr wünschen?

Ellie hatte an diesem Morgen mehrmals angerufen, aber Ike hatte nicht abgehoben. Von mal zu mal hatten ihre Nachrichten auf dem Band deshalb verärgerter geklungen. Obwohl ihre Ehe schon so lange zurücklag, machte es Ike immer noch Spaß, sie auf die Palme zu bringen.

Ike erreichte das Verlagshaus in Lower Manhattan. Leichtfüßig passierte er die Laderampen und grüßte die Arbeiter, die dort herumlungerten. Dann verschwand er in der Eingangshalle.

Als er kurze Zeit später das Großraumbüro durchquerte, in dem Redakteure, Assistenten und Sekretärinnen hektisch wie in einem Bienenstock umhereilten, bemerkte er zum ersten Mal, daß etwas in der Luft hing. Wieso sahen manche seiner Kollegen ihn auf eine so merkwürdige Art an? Wenn er ihre Blicke erwiderte, schauten sie schnell weg. Es schien, als ob sich da etwas zusammenbraute. Er mußte vorsichtig sein.

Elaine, Ellies Sekretärin, schenkte Ike kein Lächeln, es schien sie sogar Überwindung zu kosten, ihn überhaupt anzusehen. Was war heute nur los? Elaine flirtete doch sonst so gerne mit ihm.

„Stimmt was nicht?“ fragte Ike.

Elaine antwortete nicht. „Mister Graham ist da“, sagte sie in die Sprechanlage und teilte Ike gleich darauf mit: „Du kannst reingehen.“

Ellie saß wie immer hinter ihrem aufgeräumten Mahagonyschreibtisch. Als Ike hereinkam, wurde ihre Aufmerksamkeit noch ganz von einem Schriftstück in Anspruch genommen. Schon wieder ein Klischee, dachte Ike, als er seine Ex-Frau so ansah; Ellie ist die perfekte Karrierefrau: Designerklamotten, strenge Frisur, dezentes Make-up, wenig, aber dafür um so teurerer Schmuck. Was ihm weniger gefiel, war die düstere Miene, mit der sie ihn empfing. So wie es aussah, hatte sie ihn nicht zu sich bestellt, um ihm zu seiner umwerfenden Kolumne zu gratulieren.

Fisher war ebenfalls anwesend. Er saß lässig auf der Armlehne der weißen Ledercouch und lächelte Ike an, wenn auch nur verhalten. Allerdings wurde Ike den Eindruck nicht los, daß dieses Lächeln ein gutes Stück vorweggenommener Schadenfreude enthielt. Ohne aufgefordert worden zu sein, nahm Ike in einem Sessel vor Ellies Schreibtisch Platz.

„Ich habe dir vier Nachrichten auf Band gesprochen“, sagte Ellie. „Wieso hältst du es nicht für nötig, zurückzurufen?“

„Überrascht dich das?“ erwiderte Ike lächelnd. „Ich hab dich noch nie zurückgerufen, noch nicht mal als wir verheiratet waren. Was macht überhaupt Fisher hier?“

Fisher stand auf und stellte sich ans Ende des Schreibtisches. So stand er genau zwischen Ellie und Ike. Was hatte das zu bedeuten? „Ellie hat mich hergebeten, um moralische Unterstützung zu leisten", sagte er.

„Seit wann braucht Ellie moralische Unterstützung?" versetzte Ike. „Ich dachte dabei eher an dich", sagte Ellie.

„Was?" 1Ellie schob ihm ein Blatt Papier zu. Es war Maggies Brief. Ike las ihn mit sichtlich wachsendem Vergnügen. Schließlich legte er ihn zurück auf den Schreibtisch. „Gefällt mir", sagte er und lächelte Ellie auf seine spitzbübische Weise an. „Sie hat Witz und Mumm. Hätte ich nicht erwartet."

„Eigentlich habe ich geglaubt, du wärst lange genug im Geschäft, um die Grundregeln des Journalismus zu kennen", meinte Ellie nun. „Aber offensichtlich ist es nicht so. Deshalb will ich dir jetzt Grundregel Nummer eins verraten: Wer Fakten erfindet, wird gefeuert."

Sie schob ihm einen zweiten Brief zu. Schon am Briefkopf ließ sich erkennen, daß er aus der Rechtsabteilung des Verlagshauses stammte. Ike ahnte Schlimmes, und die flüchtige Lektüre bestätigte seine Befürchtungen. Das war seine Kündigung. Ellie machte also ernst.

Er sah sie an, ein fragendes Lächeln. Ihr Gesicht war eine steinerne Maske. Ein Blick zu Fisher erhielt nur ein machtloses Schulterzucken als Antwort.

„Lektion Nummer zwei", sagte Ike da nicht ohne Bitterkeit, „arbeite nie für deine Ex-Frau."

„Das hat nicht das geringste damit zu tun", widersprach Ellie völlig ungerührt. „Du hast diese Story frei erfunden, und niemand weiß das besser als du selbst."

„Ich habe die Geschichte nicht erfunden", verteidigte sich Ike. „Ich hatte eine Quelle."

„Eine ziemlich verläßliche, wie mir scheint. Vermutlich irgendein Saufkumpane in einer Bar."

„In vino veritas", warf Fisher ironisch ein.

„Sag nichts gegen die Betrunkenen in den Bars. Das sind gute Leute. Heißt es nicht, daß Betrunkene immer die Wahrheit sagen?" Ike erhob sich und ging um den Schreibtisch herum. Er stand jetzt unmittelbar vor Ellie. „Außerdem bin ich Kolumnist", sagte er. „Ich habe nur das getan, was man von einem Kolumnisten erwartet. Wir schieben und strecken, wo's nötig ist, und wir riskieren was. Das ist genau der Grund dafür, daß ich so gut bin."

„Irrtum. Das ist der Grund dafür, daß du arbeitslos bist."

„Bist du jetzt nicht verdammt selbstgerecht? Ich schreibe die Sachen nur. Du bist diejenige, die sie unter die Leute bringt."

„Jetzt nicht mehr", versetzte Ellie hart. „Irgendwo ist die Grenze. Miss Carpenter hat uns eine Liste mit den gröbsten Falschaussagen in deiner Kolumne geschickt, Ike. Unsere Anwälte haben sie durchgesehen und gefunden, daß sie recht hat. Sie könnte uns verklagen. Wenn sie einen geschickten Rechtsverdreher findet, wird das teuer für uns. So viel bist du nicht wert, Ike."

„Anwälte!" stieß Ike verächtlich aus. „Ich weiß nicht, Ellie. Mich zu feuern ist ziemlich hart für dich. Wird schwer sein, darüber hinwegzukommen. Erinnerst du dich noch an unsere Scheidung? Du wirst auch diesmal einen Seelenklempner brauchen, der dich wieder hinbiegt."

„Ich habe heute nachmittag sowieso einen Termin", erwiderte Ellie sarkastisch. Sie hatte es langsam satt, wie Ike jedesmal glaubte, sich wieder mit ein paar Sprüchen herauswinden zu können. Diesmal nicht.

„Na schön, ich seh's ein, daß ich über das Ziel hinausgeschossen bin. Wieso klopfst du mir nicht einfach auf die Finger? Oder du suspendierst mich und rufst mich wieder zurück, wenn du das Gefühl hast, daß ich genug gebüßt habe?" „Tut mir leid, Ike. Diesmal ist es endgültig."

Fisher war erstaunt über Ellies Härte. Immerhin war Ike ihr Ex-Mann. Zumindest bekam er einen Eindruck, wie sie auch sein konnte, und er hätte gelogen, wenn er behauptet hätte, daß sie ihm so gefiel.

Ike und Ellie sahen sich indes einen langen Moment in die Augen. Da wußte Ike, daß die gemeinsame Zeit mit ihr endgültig Vergangenheit war.

„Wenn du keinen Aufstand machst, bekommst du eine anständige Abfindung", sagte sie schließlich.

Ike wandte sich um und ging. Er blickte nicht zurück. Dann schlug die Tür hinter ihm zu.

Kaum war er verschwunden, sackte Ellie erschöpft zusammen. Das Ganze hatte sie mehr Kraft gekostet, als sie gezeigt hatte. Sie mochte Ike ja. Aber es gab Spielregeln, und an die mußte auch er sich halten. Fisher trat hinter sie und begann ihre Schultern zu massieren.

Als Maggie an diesem Morgen erwachte, spürte sie sofort, daß dies ein guter Tag werden würde. Eine Weile kostete sie noch die mollige Wärme in ihrem Bett aus. Da vernahm sie das quietschende Fahrrad des Zeitungsjungen. Plötzlich hellwach, sprang sie mit einem Satz aus den Federn. Barfuß eilte sie die Treppe hinab. Sie warf sich nicht einmal einen Morgenmantel über, als sie nach draußen lief, um die Zeitung zu holen.

Gierig riß sie die Plastikfolie ab und blätterte hastig von Seite zu Seite. Ein breites Lächeln trat auf ihr Gesicht.

Sie hatten ihren Brief abgedruckt. Und nicht nur das. Maggies stieß einen Freudenjauchzer aus und rannte zurück ins Haus.

Ihr Vater und ihre Großmutter Julia, die ebenfalls bei ihnen wohnte, waren noch nicht auf. Nur Bob Kelly, ihr Verlobter Nummer vier und ein ausgesprochener Frühaufsteher, war schon in der Küche beschäftigt. Er packte Dosen in einen Rucksack.

„Stell dir vor“, rief Maggie und tanzte überglücklich um ihn herum, „sie haben ihn gefeuert! Sie haben ihn gefeuert!“

Bob hörte nur mit einem Ohr hin, denn seine Aufgabe nahm ihn vollkommen in Anspruch. „Komm her, Maggie“, sagte er, „und probier das mal an.“

Maggie legte die Zeitung auf den Küchentisch. Während Bob ihre Arme in die Träger des Rucksacks steckte, las sie laut: „Sehr geehrte Miss Carpenter! Ich entschuldige mich in aller Form bei Ihnen für diese unglückliche Angelegenheit. Ike Grahams Kolumne wird nicht länger in unserem Blatt erscheinen. Ich wünsche Ihnen viel Glück für Ihre bevorstehende Hochzeit. Ellie Fisher, Chefredakteurin.“

„Hut ab! Du hast ihn tatsächlich drangekriegt“, sagte Bob, während er den Sitz des Rucksacks überprüfte, wobei er noch immer das meiste Gewicht auf seinen Händen hatte. „Das ist übrigens das Gewicht, daß du auf unserer Tour im Himalaja zu tragen hast. Sag ruhig, wenn es dir zu schwer ist.“

In diesem Moment zog er seine Hände zurück. Das ganze Gewicht sackte plötzlich auf Maggies Schultern, sie wurde wie durch einen Schlag nach hinten geworfen und landete mit einem lauten Schrei auf ihrem Hintern. Bob sah sie erstaunt an.

„Es ist wohl ein bißchen... ein bißchen zu schwer, Darling“, stammelte sie und streckte ihm ihre Hand entgegen. „Hilfst du mir hoch?“

Bob griff zu, doch ehe er sich versah, brachte Maggie ihn mit einem heftigen Ruck aus dem Gleichgewicht, so daß er ebenfalls zu Boden fiel. Kichernd blieben die beiden Verliebten auf dem Küchenboden liegen.

Fisher hatte Ike an diesem Morgen angerufen und zur Laderampe auf der Rückseite des Verlagsgebäudes bestellt, ohne ihm zu verraten, was er mit ihm bereden wollte. „Laß den Kopf nicht hängen“, hatte er statt dessen gesagt, „noch ist nicht aller Tage Abend.“ Mehr Platitüden waren ihm offensichtlich nicht eingefallen.

Da Ike ohnehin nichts Besseres zu tun hatte, konnte er sich ebensogut mit Fisher treffen. An der Laderampe bot sich ihm ein Bild, das ihn bestimmt zu ein paar seiner dummen Sprüche gereizt hätte, wenn seine Laune nicht völlig am Boden gewesen wäre. Eine Handvoll Männer und Frauen brachten sich in schicken Abendklamotten für ein Fotoshooting in Position, ein Fotograf knipste unaufhörlich. Fisher dirigierte die ganze Szene. Als er Ike kommen sah, kam er mit großen Schritten auf ihn zu.

„Schön, daß du da bist“, sagte er. „Wir reden gleich.“ Dann eilte er wieder zu seinen Models. „Vergeßt eins nicht: Wir bringen den Spaß zurück ins Formelle und Elegante. Noch Fragen?“

Ehe jemand antworten konnte, kehrte er zu Ike zurück, legte ihm den Arm um die Schulter und zog ihn fort, wobei er ihm ins Ohr raunte: „Ich sag das nur, um ihnen was zu denken zu geben. Hab nicht die leiseste Ahnung, was das überhaupt bedeuten soll. Na, egal. Komm mit!“

Sie verschwanden im Verlagsgebäude und gingen Richtung Cafeteria, um eine Kleinigkeit zu essen.

„Hör zu, Ike", sagte Fisher, „ich fand deine Kolumne über die Braut, die sich nicht traut, wirklich gut. Du hast was drauf, soviel steht fest. Weißt du, es ist gar nicht so schlecht, freiberuflich zu arbeiten. Hast du schon einmal darüber nachgedacht? Die Leute von ‚G. Q.' mögen meine Sachen, ich habe da einen gewissen Einfluß."

Ike sah Fisher fragend an.

„Wieso sagst du mir nicht endlich, worauf du hinauswillst, Fish?" meinte er.

Fisher blieb stehen. „Gerechtigkeit. Was hältst du davon? Eine Chance, zu beweisen, daß deine Fakten vielleicht nicht ganz astrein waren, daß deine Theorie über diese Frau aber trotzdem stimmt."

Ein Blitzen trat in Ikes Augen. „Die wahre Geschichte über Miss Carpenter", sagte er noch etwas zögerlich.

Fisher nickte. „All die scheußlichen Einzelheiten."

Die beiden setzten sich wieder in Bewegung. Ike hatte Blut geleckt. Seine Erregung über diese fabelhafte Idee wuchs von Sekunde zu Sekunde.

„Das wäre sicherlich keine schlechte Möglichkeit, um dich wieder ins Geschäft zu bringen", setzte Fisher hinzu.

„Hol mich der Teufel, aber das ist wirklich eine verdammt gute Story, Fish!"

Sie kamen in der Cafeteria an. Das Buffet war schon ziemlich ausgeplündert, doch Ike hatte sowieso keinen Hunger. Fisher hingegen schaufelte die Reste auf einen Teller.

„Wenn du das hinkriegst, ist es eine Titelgeschichte", meinte er dabei. „Und diesmal ist alles wahr und penibel bis auf I-Tüpfelchen recherchiert."

„Du hattest immer recht, Fish“, gestand Ike da. „Im Grunde habe ich die Kolumne gehaßt. Aber aus dieser Sache kann ich etwas machen, das ist etwas völlig anderes.“

Ein zufriedenes Lächeln trat auf Fishers Gesicht. Er klopfte Ike auf die Schulter und sagte: „Dann hast du die Story. Wenn du morgen aufbrichst, hast du genügend Zeit, bevor ihre nächste Hochzeit steigt.“

„Sie wird für alles bezahlen. Das nenne ich Gerechtigkeit.“

„Apropos bezahlen. Den Leuten von ‚G. Q.‘ gefällt die Idee, aber was Vorschüsse angeht, habe ich keinen besonders großen Spielraum. Also, um ehrlich zu sein: eigentlich überhaupt keinen.“

Ike horchte auf. „Aber ich krieg doch zumindest meine Spesen ersetzt, oder?“

Fisher antwortete nicht, sondern ging einfach davon. „Sie wollen, daß ich das alles auf meine Kosten mache? Einfach so ins Blaue hinein?“ rief Ike ihm hinterher. „Das ist doch nicht dein Ernst!“

„So ist das eben als freischaffender Journalist“, meinte Fisher nur.

Ike hatte ihn schnell eingeholt und hielt ihn am Arm fest. „Sag mir sofort, daß das nur ein schlechter Witz war!“

„Ich weiß gar nicht, was du willst“, versetzte Fisher. „Glaubst du, Shakespeare hat einen Vorschuß gekriegt, als er ‚Romeo und Julia‘ schrieb? Und Plato hat auch einfach so ins Blaue hinein geschrieben.“

„Was du nicht sagst! Aus verläßlicher Quelle weiß ich zufällig, daß Nietzsche zumindest seine Spesen und einen Mietwagen gestellt bekam, ehe er mit seinem ‚Zarathustra‘ anfing.“

Fisher lachte laut heraus.

„Na schön, Fish. Ich tu's. Und du wirst sehen… du wirst sehen…" Ike vollendete den Satz nicht, doch dafür umspielte ein vielsagendes Lächeln seine Mundwinkel.

5

Ike jagte mit seinem alten Greyhound über den Highway. Hübsche Landschaft, dachte er, als er seinen Blick über die leicht geschwungenen Hügel auf beiden Seiten der Straße schweifen ließ. Wenn er ehrlich war, mußte er zugeben, daß er für Landschaften nur wenig übrig hatte. Die „Ohs!" und „Ahs!" angesichts von Bergen und Tälern, von Schluchten und Klippen konnte er nur schwer nachvollziehen. Und die Stille in der Natur hatte ihm schon als Kind angst gemacht.

Ein Wegweiser flog vorüber. Zwanzig Meilen noch bis Hale. Ike legte eine Kassette ein. Elaine, Ellies Sekretärin, hatte ihm einen Freundschaftsdienst erwiesen und im Archiv nachgesehen, was dort über dieses Kaff namens Hale zu finden war. Das Ergebnis hatte sie ihm auf seinen Anrufbeantworter gesprochen.

„Hi, Ike", erklang jetzt ihre Stimme, „hier ist Elaine mit den Informationen, die du haben wolltest. Also, paß auf: Hale, Maryland, hat genau dreihundertzweiundsechzig Einwohner. Das heißt, auf einen Menschen kommen zweiundzwanzig Kühe. Bekannt geworden ist der Ort durch den sogenannten ‚Hale-Pfirsich', der dort gezüchtet wurde. Es gibt in diesem netten Städtchen zwei Bars, ein Hotel und ein preisgekröntes Gesangsquartett. Obwohl die Gegend ziemlich verschlafen ist, brachte Hale mehrere bekannte Schriftsteller hervor, wie etwa H. L. Mencken, Russell Baker und I. F. Stone. Außerdem kommen die Jazzmusiker Eubie Blake und Billie Holiday von dort. Francis Scott Key schrieb ‚Star Spangled Banner' übrigens auch irgendwo dort draußen. Na egal, die Lieblingsbeschäftigung der Menschen in Hale ist auf jeden Fall – wen wundert's – Fischen."

Ike hatte genug und schaltete die Kassette ab. Offenbar wurde auf jedem Friedhof mehr geboten als in diesem Städtchen. Er freute sich schon auf den Moment, an dem er dieser Gegend wieder den Rücken kehren konnte.

Nach ungefähr zwanzig Minuten passierte er das Ortsschild von Hale und befand sich auch bereits auf der Hauptstraße, an der sämtliche Geschäfte, Ämter und Lokale aufgereiht waren. Gespannt suchten Ikes Blicke nach Maggies Eisenwarenladen. Da war er ja! Er verlangsamte das Tempo, hielt an. Ein amüsiertes Lächeln trat auf seine Lippen. In der Tür hing ein Schild, auf dem stand: „Bin beim Friseur. Komme bald zurück."

Ike fuhr weiter. Er spürte wachsende Ungeduld, diese Maggie Carpenter endlich kennenzulernen.

Am Ende der Hauptstraße lag Hale's einziges Hotel, das „Atlantic Hotel". Ike parkte den Wagen, nahm seinen Koffer vom Rücksitz und trat ein. Er hatte kein Zimmer reserviert, denn daß das Hotel ausgebucht sein könnte, erschien ihm geradezu unmöglich. Er behielt recht.

„Sie kommen aus New York, habe ich recht?" sagte der Empfangschef, ein adretter Mann Mitte Dreißig, der sich als Lee Myers vorgestellt hatte. „Man sieht es Ihnen gleich an. Sie haben einfach etwas Weltläufiges, Kosmopolitisches. Und Glück haben Sie obendrein, denn gerade ist unser bestes Zimmer freigeworden." Nachdem Ike sein Zimmer bezogen hatte, hielt es ihn nicht mehr im Hotel. Während er die Hauptstraße hinabging, steigerte sich seine Anspannung bis zum Unerträglichen. Wenig später stand er vor dem Schönheitssalon mit dem nicht besonders einfallsreichen Namen „Curl Up and Dye".

Im Schönheitssalon war um diese Zeit nicht besonders viel Betrieb. Nur Mrs. Pressman war wie jeden Tag vorbeigekommen, um sich von Cindy die Nägel machen zu lassen. Sie war heute allerdings später dran. Maggie saß auf dem Boden und schraubte an einem der hydraulischen Stühle herum. Sprout, Cindys kleiner Terrier, saß neben ihr und schnüffelte an einer offenen Flasche.

„Besser du nimmst Sprout hier weg", sagte Maggie. „Er scheint die Petroleumgase allzusehr zu mögen."

Cindy rollte auf ihrem Stuhl heran, hob Sprout auf und kehrte zu Mrs. Pressman zurück. „Genug für heute", warnte sie ihren Hund. „Von jetzt an bist du wieder artig."

„Ich bin fertig, Peggy", erklärte Maggie indessen und packte ihr Werkzeug zusammen. „Setz dich, aber ganz vorsichtig."

Peggy nahm Platz. Maggie gab ihr einen Schubs, und sie drehte sich einmal im Kreis. „Wie hast du das nur wieder hingekriegt", rief Peggy begeistert aus. „Du bist einfach unschlagbar!"

„War gar nicht schwer. Ich mußte nicht mal die Dichtung erneuern. Nur ein bißchen Hydrauliköl, das war alles."

„Hörst du wohl auf damit! Du redest daher, als wäre das das Einfachste der Welt. Ich komme mir richtig blöde dabei vor."

Da ging die Ladentür auf. Ike kam herein. Er nahm seine Sonnenbrille ab und ließ seinen Blick umherschweifen, wobei er sich fragte, wer von diesen Ladies wohl Maggie war. Peggy sprang aus dem Stuhl auf und trat vor ihn hin.

„Tag", grüßte Ike, „ich bin auf der Suche nach Maggie Carpenter. In der Tür des Eisenwarenladens hing ein Schild, daß sie hier zu finden sei."

„Sind Sie Reporter?“ wollte Peggy sofort wissen.

Ike war erstaunt über die Frage und antwortete zunächst nicht. Er hatte nicht vor, gleich zu Beginn seine Tarnung abzuwerfen.

„Sehen Sie“, versetzte Peggy, „wir haben die Erfahrung gemacht, daß Typen in so schicken Klamotten, wie Sie sie tragen, sich am Ende als Reporter aus der großen Stadt entpuppen, die Maggie interviewen wollen.“

„Sie meinen, wegen ihrer bevorstehenden Hochzeit und dem ganzen Drumherum.“

„Nein, ich meine, wie sie es geschafft hat, daß dieses Arschloch aus New York gefeuert wurde.“

Ike zuckte die Schultern. „Sie haben recht. Genau so ein Reporter bin ich. Und wer sind Sie?“

„Peggy Phleming.“

„Der Name kommt mir irgendwie bekannt vor.“

„Nicht die Eisläuferin.“

Ike trat ein paar Schritte in den Salon hinein. „Darf man fragen, wer diese beiden überaus reizenden Ladies sind?“ wandte er sich an Cindy und Mrs. Pressman.

Cindy unterbrach ihre Maniküre und stellte sich vor. „Ich bin Maggies unverheiratete Cousine“, fügte sie hinzu.

„Ich bin Mrs. Pressman und nicht im geringsten verwandt mit Maggie.“

„Und Sie sind?“ wollte Peggy nun endlich wissen

„Auf der Suche nach Maggie“, erwiderte Ike nur.

„Verstehe. Maggie! Hier ist jemand für dich.“

Maggie hatte die ganze Zeit am Boden gesessen und der Unterhaltung amüsiert gelauscht. Hinter dem breiten Friseurstuhl war sie kaum aufgefallen. Ike hatte sie für einen Mechaniker gehalten und darum nicht weiter beachtet. Jetzt aber kam er ein paar Schritte näher. Er wollte sich eben zu ihr hinabbeugen, als sie hochfuhr und dadurch fast in ihn hineinrannte. Ike war erstaunt. Er wußte nicht mehr, was er erwartet hatte. Eine Medusa mit hypnotischen Augen? Die Provinzausgabe eines blonden Vamp? Wie auch immer, was er vorfand war eine Überraschung. Maggie war vielleicht keine Miss America, aber sie hatte Ausstrahlung. Ike verstand plötzlich, warum ihr die Männer so leicht auf den Leim gingen.

Maggie stellte sich vor ihn hin, stemmte die Arme in die Seiten und sah ihn herausfordernd an. Sie hatte in der letzten Zeit ein ganzes Dutzend Reporter kennengelernt, und sie konnte nicht unbedingt behaupten, daß ihr dieser Menschenschlag durch persönliche Bekanntschaft sympathischer geworden wäre. Und dieses Gesicht hier kam ihr zudem irgendwie bekannt vor. Wo hatte sie es schon gesehen? In welcher Nachrichtensendung? In welcher Zeitung?

„Ich hoffe, Sie haben einen neuen Zugang zu der Sache", sagte sie, noch ohne sich schlüssig geworden zu sein. „Man hat mich nämlich schon so ziemlich alles gefragt."

„Für Originalität bin ich bekannt."

„Was Sie nicht sagen."

„Einen Moment!" drängte sich Peggy dazwischen. „Keiner interviewt Peggy hier ohne sich einen neuen Haarschnitt machen zu lassen."

Maggie zuckte die Schultern. „Nichts zu machen", sagte sie, „sie ist der Boß."

„Tut mir leid", versetzte Ike, „aber ich habe eben erst einen neuen Haarschnitt bekommen und viel Geld dafür bezahlt." „Hören Sie mal, Sir", mischte sich da Mrs. Pressman ein. „Ich habe da ein paar Fakten für Sie, die Sie interessieren dürften."

Ike trat zu ihr.

„Nur heraus damit, Mrs. Pressman."

„Unsere Maggie stand erst dreimal am Altar, wissen Sie. Nicht siebenmal, wie geschrieben wurde. Dreimal."

Ike machte ein Gesicht, als ob ihm das völlig neu wäre. Dann sagte er: „Beantworten Sie mir eine Frage. Glauben Sie, sie schafft es diesmal? Ich meine, wirklich bis zum Ende der Hochzeitszeremonie? Was denken Sie?"

„Ich weiß nicht. Mr Schullian hat hier im Ort einen Zeitungsstand, außerdem betätigt er sich auch noch als Buchmacher. Die Quoten stehen derzeit acht zu eins, daß sie wieder davonrennt. Er sagt, da Maggie jetzt bekannt ist, könnte es sogar sein, daß man in Vegas Wetten annimmt. Ich setze noch nicht, wissen Sie, ich warte lieber, wie sich die Sache weiterentwickelt."

Ike lächelte. „Wirklich gut, was Sie mir da erzählen. Das bringt meine Recherche enorm voran. Sie lassen es mich wissen, wenn es etwas Neues gibt?"

„Gerne."

Maggie hatte die ganze Zeit darüber nachgedacht, woher sie Ikes Gesicht kannte. Da fiel ihr Blick auf den Zeitungsausschnitt, den Peggy an einem der Spiegel angebracht hatte. Es war Ikes Kolumne, mit der die ganze Lawine ins Rollen gekommen war. Neben der Kolumne befand sich ein Foto von Ike, das die beiden Frauen mit Hörnern und einem Ziegenbart versehen hatten.

Maggie konnte es nicht fassen. Daß dieser Bastard die Stirn besaß, sich hier auch noch blicken zu lassen! Wieviel Arroganz mußte dieser Mensch besitzen, um sich das herauszunehmen.

Mit einem raschen Blick machte Maggie ihre Freundin auf das Bild am Spiegel aufmerksam. Peggy verschluckte sich, als sie Ike erkannte, und bekam einen Hustenanfall. Ike wandte sich besorgt nach ihr um.

„Sie hat ihren Kaugummi verschluckt“, erklärte Maggie und klopfte ihrer Freundin auf den Rücken. Dabei fiel ihr Blick zufällig in die Ecke des Ladens, in der sich ein Waschbecken und jede Menge Flaschen und Tuben mit Shampoos, Bleich- und Färbemitteln befanden. Eine Idee flammte in Maggies Kopf auf. Es brauchte nur ein paar vielsagende Blicke an Peggy, so daß auch diese Bescheid wußte.

„Ein Haarschnitt fällt also flach“, nahm Maggie den Faden des Gesprächs wieder auf. „Was halten Sie dann von einer Haarwäsche? Damit sie all den Großstadtdreck aus ihren Haaren bekommen.“

Ike entschloß sich, mitzuspielen. „Antworten Sie dann auf meine Fragen?“ wollte er wissen.

Maggie nickte und sah ihn dabei mit einem Blick an, der in seiner Unschuld einem Engel zur Ehre gereicht hätte.

„Na gut, wenn Ihnen soviel daran liegt“, sagte Ike und zog sein Jackett aus. „Sie waschen, ich frage.“

„Kommen Sie“, sagte Peggy, nahm ihm das Jackett ab und brachte ihn zum Waschbecken. „Setzen Sie sich.“

„Was hältst du davon, wenn du ihm diese besondere Spülung verabreichst, die das Haar so schön füllig und glänzend macht?“ schlug Maggie vor.

„Wirklich eine prima Idee“, erwiderte Peggy, der es schwerfiel, ernst zu bleiben.

Ike hatte es sich inzwischen auf dem Stuhl vor dem Waschbecken bequem gemacht. Maggie holte einen Umhang aus einem Regal und legte ihn Ike um. „Was möchten sie also wissen?“ fragte sie und bedeckte auch sein Gesicht mit einem Handtuch.

Ike lehnte sich zurück, so daß sein Kopf bequem am Rand des Spülbeckens lag. Peggy begann damit, seine Haare naß zu machen, während Maggie sich einige der Färbemittel ansah und die, die sie für die geeignetsten hielt, neben das Waschbecken zu stellen.

„Irre ich mich, oder sind Sie nervös?“ fragte Ike unter dem Handtuch hervor.

„Nervös? Ich?“ versetzte Maggie. „Auf keinen Fall. Ehrlich gesagt, ich habe mich nie in meinem Leben sicherer gefühlt. Da ist nur etwas... Wissen Sie, ich habe in letzter Zeit so merkwürdige Träume, so abgedrehte Sachen, wenn Sie wissen, was ich meine.“

„Abgedrehte Träume?“ Ike zog das Handtuch von seinen Augen, um sie ansehen zu können. „Erzählen Sie mir ein paar davon?“

„Klar, wieso nicht.“

Peggy war soweit, das Färben konnte beginnen. Sie zog das Handtuch wieder über Ikes Augen. „Wir wollen ja nicht, daß Ihnen Shampoo in die Augen spritzt“, sagte sie und grinste Maggie dabei an.

„Sehen Sie“, meinte Maggie schließlich, „erst gestern nacht träumte ich...“

Ike lauschte dem Klang von Maggies Stimme. Doch er hörte ihr nicht wirklich zu. Von Sekunde zu Sekunde wurde er entspannter, um so mehr als Peggy das, was er für Shampoo hielt, mit sehr viel Gefühl in seine Haare einmassierte.

Das Lärmen des Föns riß ihn aus seinem tranceähnlichen Zustand. Noch immer lag das Handtuch über seinem Gesicht. Wieviel Zeit inzwischen vergangen war, konnte er kaum sagen.

„Dann war da noch dieser Traum“, fuhr Maggie ohne Unterlaß fort, „in dem ich mich in einer Kirche befinde.

Alle, die ich kenne, sind da. Allerdings... sie sind nicht ganz so, wie ich sie kenne. Sie ähneln irgendwie diesem Frankenstein Monster, nur daß sie keine Nähte und Bolzen im Gesicht haben. Die ganze Szene ist wie aus ‚Die Nacht der Zombies'. Kennen Sie den Film? Und jetzt kommt der gruseligste Teil: Ich schaue an mir herab und sehe plötzlich, daß man Kleid rot ist, verstehen Sie, rot! Ich hab keine Ahnung, was das bedeutet, aber eins ist sicher: Rot steht mir absolut nicht."

Ike konnte schon eine ganze Weile unter dem Handtuch hervor in Maggies Augen sehen. Er wurde den Eindruck nicht los, daß sie ihn auf den Arm nehmen wollte. Da war etwas in ihren Augen, ein Blitzen, das ihm äußerst verdächtig vorkam.

„Fertig", sagte Peggy da und nahm das Handtuch weg. Ike saß mit dem Rücken zum Spiegel, so daß er noch nicht sehen konnte, was die beiden aus ihm gemacht hatten.

„Was halten Sie davon?" fragte Maggie.

„Nun", erwiderte Ike, „ich denke, daß rot Ihnen ganz bestimmt steht." „Sie meint Ihre Haare", erklärte Peggy.

Ike spürte etwas sein Rückgrat heraufkriechen, ganz langsam. Es war ein eigenartiges Unbehagen, das sich ameisenhaft über ihn hermachte und ihm immer deutlicher zu verstehen gab, daß etwas mit ihm geschehen war.

Maggie faßte die Lehne seines hydraulischen Stuhls und drehte ihn herum, so daß er sich im Spiegel sehen konnte. Haltung bewahren, dachte er, als er das ganze Ausmaß des Schreckens erkannte. Peggy hatte sein Haar gefärbt, eine Hälfte erstrahlte in sattem Rot, die andere in grellem Orange. Ike blieb stumm wie ein Fisch.

„Öfter mal was Neues, Mister Graham", lachte Maggie, „finden Sie nicht?"

Ike saß lange wie erstarrt da. Dann stand er langsam auf, ohne das geringste Anzeichen einer Reaktion. Er zupfte an ein paar Haarspitzen herum, so als wolle er seiner Frisur noch den letzten Schliff geben. Da endlich fiel sein Blick auf den Zeitungsausschnitt am Spiegel. Schlagartig wurde ihm alles klar. Er nahm den Ausschnitt, seine Augen flogen kurz über den Text.

„Ja“, sagte er dann und sah Maggie an, „mir scheint, mit meiner Darstellung habe ich ein ziemlich realistisches Porträt dieser Frau in Hale gezeichnet.“

Er legte den Zeitungsausschnitt hin und wandte sich um. „Mein Jackett!“

Peggy reichte es ihm. „Stets zu Diensten, Sir. Beehren Sie uns recht bald wieder.“

„Vielen Dank. Nehmen Sie es bitte nicht persönlich, aber ich glaube, ich werde Sie nicht weiterempfehlen. Das heißt...“ Er sah Peggy mit einem vernichtenden Blick an. „Streichen Sie das. Sie dürfen es doch persönlich nehmen. – Mrs. Pressman, wo bekomme ich hier Shampoo? Ich meine, wirklich starkes Shampoo.“

Mrs. Pressman sah Ike mit großen Augen an. „In der Apotheke... an der Kreuzung dritte Straße Elm Street“, sagte sie.

Ike wandte sich noch mal um und lächelte Maggie herausfordernd, so als wolle er sagen: „Das schreit nach Rache.“

„Ich glaube, er ist jetzt ein bißchen verärgert“, bemerkte Maggie ungerührt, als die Ladentür zufiel. Sie folgte ihm auf die Straße.

„He, Mister Graham“, rief sie ihm hinterher. „Wenn Sie zur Elm Street wollen, müssen Sie aber in die andere Richtung.“

Ike machte kehrt. Maggie setzte ihre Sonnenbrille auf und schloß sich ihm an. „Hören Sie mal zu“, meinte sie, „ich frage mich, was Sie hier überhaupt wollen. Wenn es Ihnen darum geht, daß ich mich schlecht fühle, können Sie gleich wieder umkehren. Das werden Sie nie erreichen.“

„Es ist mir völlig egal, wie Sie sich fühlen. Ich will Rechtfertigung, verstehen Sie. In meinem Herzen –“

Maggie lachte laut heraus. „In Ihrem Herzen? Ich wußte gar nicht, daß Sie überhaupt eines haben.“

Die beiden blieben stehen und sahen sich an. „Und wie steht’s mit Ihnen?“ fragte Ike. „Ich habe das Gefühl, daß jedes Wort, das ich über Sie geschrieben habe, der Wahrheit entspricht. Sie sind der Grund dafür, daß ich gefeuert wurde. Sie haben meinen Ruf zerstört, und meine Haare ruiniert! Sie kauen die Männer durch, bis sie genug von ihnen haben, dann spucken Sie sie aus. Und ich werde den Verdacht nicht los, daß Ihnen das auch noch gefällt. Damit eines klar ist: Ich bin hierher gekommen, um mir Ihnen gegenüber Genugtuung zu verschaffen. Glauben Sie nicht, daß Sie mit sowas bei mir durchkommen.“

Während Ike sich ereiferte, blieben immer wieder Passanten stehen und betrachteten ihn wie einen Mann von einem anderen Stern. Ob das die neuste Haarmode in New York war? Grinsend gingen die Leute weiter.

„Sehen Sie!“ rief Ike aus. „Sie machen mich genauso zum Gespött der Stadt, wie Sie es mit Ihren Ex-Männern getan haben.“

„Hören Sie schon auf!“ rief Maggie aus. „Machen Sie sich vielleicht auch etwas aus der Wahrheit?“

„Allerdings. Ich bin absolut überzeugt von dem, was ich tue. Ich weiß, daß ich der Wahrheit auf der Spur bin. Sie werden mit Nummer vier, diesem armen Kerl, der dumm genug ist, mit Ihnen vor den Altar zu treten, genau das gleiche machen, was Sie den dreien davor angetan haben. Sie werden wieder wegrennen, da gehe ich jede Wette ein. Ich werde nicht von hier verschwinden, bis ich das gesehen habe."

Maggies Haltung wurde starr wie die einer Statue. „Dann werden Sie enttäuscht werden", sagte sie selbstsicher.

„Lassen wir's drauf ankommen."

„Ich würde gerne noch bleiben und mit Ihnen plaudern, aber ich muß leider zurück an die Arbeit. Wissen Sie, im Gegensatz zu Ihnen habe ich noch Arbeit."

Das saß. Ike sah sie eine Weile fassungslos an. Sie konnte wirklich bösartig sein wie ein Skorpion. Und ihre Miene zeigte nicht das leiseste Anzeichen von Reue.

„Ich habe nichts zu verbergen, Mister Graham", sagte sie nun. „Sprechen Sie mit wem immer Sie wollen. Sie werden dabei bestimmt über die eine oder andere Tatsache stolpern, die nicht in ihr Bild paßt."

Damit ließ sie ihn stehen und ging hinüber zu ihrem Eisenwarenladen. Ike stand eine Weile ziemlich hilflos herum. Wenn er Maggie Carpenter jemals für ein tumbes Landei gehalten hatte, so hatte sie ihn spätestens jetzt davon überzeugt, daß sie sehr wohl zu kämpfen wußte.

„He, Junge", rief er da einem Teenager zu, der gerade auf seinem Rad heranbrauste. Er trug einen Schlapphut, der sich tief ins Gesicht ziehen ließ. „Zehn Dollar für deinen Hut."

Der Junge legte eine Vollbremsung hin. „Ehrlich?" fragte er.

„Seh ich wie ein Lügner aus?" fragte Ike und holte einen Zehn-Dollar-Schein heraus.

„Nein“, grinste der Junge. „Sie sehe aus wie jemand, der einen Hut dringend nötig hat.“

Ike nahm den Hut und setzte ihn auf. Er fühlte sich schon etwas besser. Doch im nächsten Moment traf ihn der Schlag einer Zeitung am Hinterkopf. Er fuhr herum. Es war eine ältere Dame, die eine Ausgabe der „USA Today“ in der Hand hielt und ihn böse ansah. „Das ist dafür, wie Sie mit unserer Maggie umgesprungen sind“, sagte sie.

6

Langsam kroch die Abenddämmerung herauf und hüllte das Städtchen Hale in immer dichter werdendes Dunkel. Im Westen verglomm schließlich das letzte Abendrot, Sterne funkelten am Himmel wie auf schwarzen Samt hingeworfene Diamanten. Frieden kehrte ein.

Zeit für Maggie, den Laden endlich zu schließen. Sie war heute so gut gelaunt wie selten. Immer wenn sie an Ike Grahams Haarpracht dachte, mußte sie unwillkürlich loskichern. Er hatte auch wirklich zu blöde ausgesehen.

Sie stieg in ihren alten Lieferwagen und fuhr heimwärts. Wie sehr freute sie sich schon auf die Gesichter ihrer Familie, wenn sie ihnen die Geschichte erzählen würde. Vor allem auf das von Bob; er würde bestimmt auch da sein.

Kaum fünf Minuten später bog sie in die Auffahrt ein und stellte den Motor ab. Die Abendluft war zu dieser Jahreszeit schon reichlich kühl, so daß sie leicht fröstelte. Um so mehr freute sie sich auf ein heißes Bad und ihren Ingwertee.

Maggie nahm den Werkzeugkasten und ging ins Haus. Alle waren im Wohnzimmer versammelt: ihr Vater Walter, Großmutter Julia, die ihren Brautschleier stickte, und Bob, den alle schon wie ein Familienmitglied behandelten. Maggie hatte schon an der Haustür die Stimme ihres Vaters gehört. Er machte wieder seine Witze. Hund Skipper – eine Promenadenmischung, die sie vor Jahren verletzt von der Straße aufgelesen hatte – hüpfte aus seinem Körbchen, als er ihre Schritte im Flur vernahm, und begrüßte sie überschwenglich. „Ihr erratet nie, wen ich heute in der Stadt getroffen habe“, rief Maggie wenig später ihre Familie zu, noch bevor sie ins Wohnzimmer trat. „So klein hab ich ihn gemacht, mit Hut!“

„Wir sind alle ganz gespannt“, kam da eine Stimme, die Maggie überall, nur nicht hier erwartet hätte. Sie konnte es nicht fassen und fuhr herum. Tatsächlich! Niemand anders als Ike Graham saß auf der Couch und lächelte ihr frech ins Gesicht. Er trug noch immer den Schlapphut, der seine eigenwillige Haarfarbe notdürftig verdeckte.

„Hallo, Maggie“, grüßte er. „Ich hab nur kurz hereingeschaut, um mich bei Ihrer Familie zu entschuldigen. Wenn ich einen Fehler gemacht habe, stehe ich auch dazu. Ich hab meine Story frisiert, daran läßt sich nicht rütteln. Das hätte ich nicht tun dürfen.“

„Mit anderen Worten“, sagte Maggies Vater versöhnlich, „er ist auch nur ein Mensch. Außerdem hat er eine Flasche Wein mitgebracht.“ Er hob die Flasche und zeigte sie stolz seiner Tochter.

Maggie verzog verärgert den Mund. Ihren Vater konnte Ike mit einer Flasche Wein bestechen, doch sie würde er nicht so leicht herumkriegen.

„Entschuldigen Sie, daß ich meinen Hut nicht abnehme“, sagte Ike, „aber Ihre Verwandten haben darauf bestanden, daß ich ihn auflasse.“

„Allerdings“, pflichtete Walter bei, „die Farbe hat Skipper einen Heidenschreck eingejagt. Er jaulte, als ging’s dem Ende zu.“ Maggie sah mißtrauisch zwischen den beiden hin und her. Sie konnte dieses beschauliche Familienidyll einfach nicht fassen. „Ihr beiden nehmt mich auf den Arm, nicht wahr?“ sagte sie.

„Wo denkst du hin“, stimmte jetzt auch Bob noch ein, „du hättest Skipper sehen sollen.“ Er imitierte Skippers Jaulen. „Das war alles andere als lustig“, schloß er dann.

Maggie zwang sich zu einem Lächeln, warf Ike dann aber einen feindseligen Blick zu. Schließlich setzte sie sich auf die Armlehne von Bobs Sessel. Auch mit ihm hatte sie noch ein Hühnchen zu rupfen. Wenn nicht einmal er auf ihrer Seite stand, auf wen sollte sie sich dann noch verlassen?

„Die Mächte des Guten und des Bösen haben also bereits Frieden geschlossen“, sagte sie und sah in die Runde. Dieser Frieden paßte ihr allerdings gar nicht. Und sie hatte auch nicht vor, sich das noch langer mitanzusehen.

Zum Glück fiel ihr da die Weinflasche ins Auge. Sie stand auf, um sie in die Küche zu bringen und gab Bob einen Wink, ihr zu folgen. Wenig später hörte man aus der Küche ihre aufgeregten Stimmen.

„Ich hoffe, die beiden haben keinen ernsten Krach da draußen“, sagte Ike. „Sie werden die Hochzeit doch nicht etwa abblasen? Was glauben Sie?“

„Wissen Sie“, sagte Walter und hob sein Glas, „man kann Hochzeitskuchen auch einfrieren. Soviel wissen wir bereits.“

„Ihre Tochter scheint mir –“

Ike spürte ein Ziehen an seinem Ärmel. Da bemerkte er, daß Großmutter Julia ihn versehentlich an Maggies Hochzeitsschleier festgenäht hatte. „Entschuldigung“, sagte sie, als es ihr auffiel, und schnitt den Faden eilig durch.

„Kein Problem“, erwiderte Ike, um dann seinen Gedanken wieder aufzunehmen: „Ihre Tochter scheint mir ein reizendes Mädchen zu sein, Mister Carpenter.“

„Ganz wie ihre Mutter“, erwiderte Walter und zeigte auf das Bild seiner verstorbenen Frau Emma, das auf der Kommode stand. Ein Schatten fiel über sein Gesicht. Ike begann zu ahnen, daß ihr Tod ihn in den Alkohol getrieben hatte. Er stand auf und betrachtete das Bild genauer. „Wirklich eine wunderschöne Frau", bestätigte er schließlich.

Er wandte sich wieder Walter und Großmutter Julie zu. „Wissen Sie", sagte er nach einer Weile, „ich hätte zu gerne gesehen, wie Maggie in der Kirche reißaus nimmt."

„Na, dann sehen Sie es sich doch an", meinte Großmutter Julia, ohne von ihrer Näharbeit aufzublicken. „Sie hat doch alles aufgezeichnet."

Ike horchte auf. „Es gibt ein Videoband?"

„Sie kennen doch Lee?" erklärte Walter. „Er arbeitet in Ihrem Hotel am Empfang. Er macht auch Hochzeitsvideos, wissen Sie. Maggie hat ihn jedesmal gebeten, ihre Hochzeit zu filmen. Ich meine, Sie glaubte vorher ja selbst nicht, daß sie dabei einen Weltrekord im Hundert-Meter-Lauf aufstellen würde."

Walter wies auf eine Reihe von Videokassetten im Bücherregal. Neugierig las Ike die Aufkleber: „Dad's Angelausflug", „Großmutters Knieoperation", „Großmutters Geburtstag".

„Lassen Sie sich noch was über meine Tochter sagen", meinte Walter und winkte Ike etwas näher zu sich heran. „Sie sieht wirklich gut aus in einem langen Kleid und hochhakigen Schuhen. Maggie ist vielleicht nicht der älteste running gag in Hale, aber sie ist mit Sicherheit der schnellste."

Walter schüttete sich aus vor Lachen. Großmutter Julia indes hatte nur ein Kopfschütteln für ihn übrig. Ihr hatte es schon immer mißfallen, daß er über Maggie ständig Witze machte.

Ike kehrte wieder zu den Videos zurück. Schließlich wurde er fündig. Auf einer der Hüllen las er: „Maggie I, II, III". Es fiel ihm schwer, seine Neugier zu zügeln.

„Essen ist fertig!“ erklang da Maggies Stimme aus der Küche.

„Kommen Sie“, forderte Walter Ike auf. Gemeinsam mit Großmutter Julia gingen sie ins Eßzimmer, wo Maggie und Bob bereits gedeckt hatten.

Kurze Zeit später saßen alle um den Tisch versammelt und aßen Krabben. Walter war in bester Laune. Ein Witz jagte den anderen. „Emma und ich wurden nur mit einem Kind beschenkt“, sagte er gerade, nachdem er die kleine Gesellschaft schon eine ganze Weile mit seinen tollkühnen Jugendstreichen unterhalten hatte, „nicht daß wir es nicht versucht hätten.“ Er schlug mit einem kleinen Hammer die Schale einer Krabbe auf, steckte sie in den Mund und redete dann weiter: „Da wir also nur ein Kind hatten, sehe ich es als eine Art Geschenk des Schicksals an, daß wir schon so viele Hochzeiten planen und auch bezahlen durften.“

„Hör auf, Daddy“, flehte Maggie ihn an. „Es gibt niemanden hier am Tisch, der das hören will.“

Walter warf einen Blick in die Runde. Sie hatte recht. Nicht einmal Ike wirkte besonders begierig darauf, mehr zu hören. Er hatte langsam genug von Walter Carpenters Humor, der die Grenzen zur Peinlichkeit oft mehr als nur streifte.

„Ganz egal, was Sie denken“, wandte sich Maggie da an ihn, „ich habe das nie mit Absicht gemacht. Und ich habe auch nicht vor, es noch einmal zu tun.“

Bob tätschelte ihre Hand. „So ist es richtig, Maggie“, sagte er. „Du mußt den Ball immer im Auge behalten, dann kann gar nichts schiefgehen.“ Bob merkte, daß Ike die Stirn runzelte. Deshalb erklärte er: „Sportpsychologie. War mein Hauptfach im College. Ich bin der inoffizielle Fitnesstrainer der Stadt. Ein gesunder Geist in einem gesunden

Körper – das ist meine Devise. Man kann sagen, und Sie dürfen das gerne in der Zeitung zitieren, daß ich einer von den Kerlen bin, für die ein Glas nie halb leer, sondern immer halb voll ist." Selbstzufrieden grinste er über das ganze Gesicht.

„Bob leitet die Sportabteilung an der High School", prahlte Maggie sichtlich stolz. „Außerdem trainiert er das Football-Team. Und er besteigt den Mount Everest."

Ike hatte Bob bisher für einen Sprücheklopfer und Wichtigtuer gehalten. Doch als er das hörte, betrachtete er ihn mit einem gewissen Respekt.

„Stimmt das?" fragte er zurück. „Sie waren wirklich auf dem Mount Everest?"

„Zweimal sogar", bestätigte Bob stolz.

„Wirklich wahr?"

„Und ohne Sauerstoff", raunte Maggie ihm zu.

Bobs Grinsen wurde noch breiter. Jovial strich er Maggie eine Strähne aus dem Gesicht. „Mein Mädchen gibt gerne ein wenig an mit mir", sagte er. Dann zog er sie an sich und die beiden küßten sie wie zwei kleine Turteltauben.

„Wir unternehmen in unseren Flitterwochen eine Trekkingtour in Annapurna", erklärte Bob stolz, nachdem er sich wieder von Maggie gelöst hat.

„Wie romantisch", lächelte Ike.

„Finden wir auch", pflichtete Maggie bei.

„Gibt nichts Schöneres, als das Ehebett mit zwei Sherpas und einem Yak zu teilen."

Walter brach in zügelloses Gelächter aus, während Maggie Ike einen bösen Blick zuwarf. Der fing ihn mit einem freundlichen Lächeln ab.

Nach einer Weile erhob Ike sich vom Tisch. „Es ist Zeit für mich zu gehen", sagte er. „Sie waren wirklich sehr gastfreundlich zu mir, mehr als ich erwarten konnte. Vielen Dank für alles. Auf Wiedersehen!“

Er verließ das Eßzimmer. Wieso hat er es plötzlich so eilig? fragte sich Maggie.

„He, Mister Graham“, rief Walter ihm nach, „was suchen Sie denn im Wohnzimmer? Dort geht es hinaus.“

„Ich hole nur meine Jacke.“

Er steckte nochmals kurz seinen Kopf zur Tür herein, dann war er endgültig fort.

Als Ike im Wagen saß, griff er in die Innentasche seiner Jacke. Dort hatte er die Videokassette mit Maggies drei Hochzeiten versteckt. Niemand hatte etwas gemerkt.

Zurück in seinem Hotelzimmer, legte Ike die Kassette sofort in den Videorekorder ein. Er setzte seine Brille auf und starrte gebannt in den Fernseher.

„Die Hochzeit von Brian Norris“ flimmerte über den Bildschirm. Dann erschien die Kirche von Hale, bis auf den letzten Platz gefüllt. Festlicher Blumenschmuck überall, die Gesichter der Leute in erwartungsvoller Anspannung. Am Altar stand Brian Norris mit seinem Trauzeugen.

Während der Hochzeitsmarsch einsetzte, zog Peggy als Brautjungfer mit zwei Mädchen ein, die Blumen streuten. Hinter ihnen, gemessenen Schrittes und am Arm ihres Vaters, folgte Maggie. Ihr Lächeln wirkte irgendwie aufgesetzt. Offenbar waren ihr in diesem Moment schon Zweifel gekommen, ob sie das Richtige tat.

Ike verfolgte die Szene gebannt wie einen Thriller. Ohne den Blick von der Mattscheibe abzuwenden, griff er zum Telefonhörer und wählte eine Nummer.

„Ja?“ meldete sich Fisher wenig später.

„Fish? Ich bin’s, Ike.“

„Na, wie läuft's?"

„Du ahnst nicht, was ich mir gerade ansehe. Ein Videoband mit allen drei Hochzeiten."

Inzwischen hatte die Braut den Altar erreicht. Der Priester sprach erste Worte. Es war unübersehbar, daß Maggie von Sekunde zu Sekunde unruhiger wurde. Sie schaute sich nach links und nach rechts um. Plötzlich riß sie sich von der Seite ihres Bräutigams los wie ein durchgehendes Pferd. Mit einem Sprint, der jedem Leichtathleten zur Ehre gereicht hätte, jagte sie den Gang hinunter, vorbei an den Hochzeitsgästen, die den Mund nicht zukriegten und deren Augen mindestens ebensoweit aufgerissen waren. Gleich darauf war sie verschwunden und ließ eine fassungslose Hochzeitsgesellschaft zurück und einen Bräutigam, der dastand wie ein ganzes Dutzend begossener Pudel.

„He, Ike, was ist denn los?" kam es aus dem Telefonhörer.

„Wieso sagst du nichts?"

Ike hatte ganz vergessen, daß er immer noch Fish an der Strippe hatte. „Ich ruf dich später an", sagte er und legte auf.

Wenig später brach die Aufzeichnung ab. Gleich darauf erschien ein neuer Titel: „Die Hochzeit mit Gill Chavez". Ike kam aus dem Staunen nicht heraus, denn diesmal bot sich ihm eine gänzlich veränderte Szenerie.

Die Hochzeitsgesellschaft hatte sich im Garten hinter dem Haus der Carpenters versammelt. Ike sah viele der Gesichter wieder, die er schon bei der ersten Hochzeit gesehen hatte. Doch zwischen den Leuten aus der Stadt standen eigenartige Typen mit langen Haaren, Lederjacken und Tätowierungen auf dem Oberarm. Die Kamera zoomte den Bräutigam heran. Er stand auf einer Plattform, die wie eine Konzertbühne aussah. Unruhig trat er von einem Bein auf das andere.

Das Bild bewegte sich in einem langen Schwenk über die Köpfe der Hochzeitsgesellschaft hinweg und erfaßte Maggie. Sie war aus dem Haus getreten und stand mit einem Brautstrauß in der Hand auf die Veranda. Ike traute seinen Augen nicht. Das sollte Maggie sein? Ihr Haar fiel offen auf die Schultern herab, sie trug ein weißes Top mit einem langen Rock, so daß ihr Bauch freiblieb. Der ganze Aufzug erinnerte an die Hippiezeit.

Offensichtlich hatte Gill Chavez eine Menge für Grateful Dead übrig, denn statt des traditionellen Hochzeitsmarsches erklangen nun harte E-Gitarren-Riffs aus den Lautsprechern, die eindeutig aus dem Repertoire der Rockband stammten. Maggie schritt am Arm ihres Vaters die Stufen der Veranda herab und passierte auch die Position der Kamera. Von hinten konnte Ike sogar eine Tätowierung auf ihrem Rücken erkennen: eine Rose.

Maggie löste sich vom Arm ihres Vaters und verfiel in schnelleren Schritt. Ike dachte, daß es schon wieder soweit wäre, aber er hatte sich getäuscht. Sie sprang auf ein Trampolin, schnellte in die Luft und wurde dann von den Händen der Hochzeitsgäste aufgefangen. Über ihren Köpfen reichten sie die Braut weiter, bis sie auf der Bühne ankam, wo der sichtlich gerührte Bräutigam sie in Empfang nahm.

Die Kamera zoomte die beiden heran. Maggies eben noch glücklicher Gesichtsausdruck hatte sich plötzlich verändert. Sie sah unsicher, ja verängstigt aus, Panik schien immer mehr Besitz von ihr zu ergreifen. Sie tauschte mit jemandem einen Blick, vermutlich mit Peggy.

Dann gab es kein Halten mehr. Mit einem Riesensatz sprang sie von der Bühne herunter. Die überraschten Hochzeitsgäste standen genau wie der Bräutigam wie angewurzelt da, während Maggie rannte als ginge es um ihr Leben. Kameramann Lee war Gott sei Dank geistesgegenwärtig genug gewesen, um diese hollywoodreife Szene weiter zu verfolgen. Maggie hastete zu den Motorrädern der Hippies, sprang auf das erstbeste auf, startete den Motor und war auf dem Rücken der röhrenden Bestie im Nu über alle Berge.

Nach ein paar Sekunden erschienen ein neuer Titel: „Hochzeit mit George Swilling“. Auch diesmal befand sich die Hochzeitsgesellschaft wieder im Freien, allerdings nicht im Garten der Carpenters, sondern irgendwo draußen in der Natur. Weit und breit nichts als Wiesen, im Hintergrund eine paar Ahornbäume, deren Blätter im Wind rauschten. Eine Musikgruppe spielte traditionelle Folk Music.

Ike konnte sich ein Lächeln nicht verkneifen, als er Maggie auf einem Pferd herantraben sah. Sie trug ein einfaches weißes Kleid, ihr Haar war umkränzt von Blumen. Sie machte den Eindruck, als käme sie geradewegs aus dem Sherwood Forest, um Robin Hood höchstpersönlich zu ehelichen. Plötzlich wieherte das Pferd auf und stieg mit den Vorderhufen hoch in die Luft. Kein Zweifel, Maggie hatte ihm ihre Fersen in die Flanken getrieben. Im nächsten Moment flogen Roß und Reiterin an der erstaunten Hochzeitsgesellschaft vorbei hinaus in die weite Landschaft, wo sie bald zu einem Punkt am Horizont zusammengeschmolzen waren.

Kameramann Lee hatte es sich nicht nehmen lassen, auf das Gesicht des erstaunten Bräutigams zu schwenken. Der

Ausdruck war Ike inzwischen bekannt. Trotzdem glaubte er im ersten Moment, etwas an den Augen zu haben. Das war doch dieser Kerl aus der Bar. Natürlich! Hatte er sich nicht als George vorgestellt? Allerdings hatte er verschwiegen, daß er selbst einer der enttäuschten Ehemänner in spe gewesen war.

Ike hielt das Video an und ließ es bis zur letzten Großaufnahme von Maggies Gesicht zurücklaufen. Es war der Moment, in dem sie sich bewußt wurde, was sie im Begriff war zu tun, in dem ihre Maske aus naiver Vorfreude zerbrach und die daruntersitzende Angst preisgab.

War das die wirkliche Maggie Carpenter? Ike wußte es nicht. Er hatte das Gefühl, sie in drei verschiedenen Rollen gesehen zu haben. Und doch kam es ihm so vor, als ob er plötzlich etwas mehr über sie wüßte.

Je länger er Maggies Gesicht betrachtete, desto mehr nahm sie ihn gefangen. Was war es, das ihn fesselte? Vielleicht Ihre Augen? Oder der sinnliche Mund? Sie versprühte einen ganz eigenen Zauber, das mußte er ihr zugestehen. Wie wäre es sonst auch möglich gewesen, daß sich trotz ihres Rufes immer wieder ein Heiratskandidat fand, der sich auf dieses waghalsige Unternehmen einließ?

Ike schaltete das Videogerät ab und lehnte sich auf der Couch zurück. Doch Maggies Gesicht stand noch lange vor seinem geistigen Auge. Jeder Mann, der sich jetzt noch mit ihr einläßt und versucht, sie an den Altar zu führen, muß verrückt sein, dachte er immer wieder. Armer Bob, deine Chancen stehen ziemlich schlecht.

7

„Welchen Bräutigam willst du nehmen?“ fragte Mrs. Trout. „Den blonden oder den dunkelhaarigen; der im weißen Jackett ist auch sehr schön. Oder soll es vielleicht der im Smoking sein?“

Maggie verzog das Gesicht. Sie konnte sich einfach nicht entscheiden.

„Tja, wer die Wahl hat, hat die Qual“, meinte Mrs. Trout, aber das war weiß Gott keine große Hilfe.

Immer wieder nahm Maggie eine andere Plastikfigur in die Hand. Sie fand sie alle sehr schön, das war ja das Problem. Aber fest stand auch, daß nur einer von ihnen neben der Braut oben auf der Torte stehen würde.

„Nimm doch diesen“, sagte Mrs. Trout, „der ist sehr beliebt. Aber... stimmt ja, den hast du schon einmal verwendet. Brian. Trotzdem, ich mag dieses weiße Jackett.“

„Der ist nicht gut“, versetzte Maggie. „Er ist blond.“

„Dann nimm doch diesen. Der ist ganz traditionell.“

„Sieht gut aus, aber ist er nicht doch ein wenig zu dunkel?“ „Ich finde, er hat genau Bob's Augen“, kam da eine Stimme von hinten. Maggie mußte sich gar nicht umdrehen. Sie wußte, daß es Ike Graham war. Wie eine Zecke hatte er sich an ihr festgebissen.

„Wo kommen Sie denn her?“ fragte Maggie. „Bin ich nirgends vor Ihnen sicher?“

„Ich hatte ein paar Sachen zu erledigen“, erklärte Ike mit einem charmanten Lächeln, das bei Maggie allerdings nicht die geringste Wirkung zeigte. „Da habe ich Ihren Wagen vor der Bäckerei stehen sehen. Ich dachte mir, schau doch einfach herein und sag guten Tag.“

Maggie ignorierte ihn einfach und beschäftigte sich wieder mit den Plastikfiguren.

„Kann ich bitte zwei Kaffee haben?“ wandte Ike sich an Mrs. Trout. „Und was duftet hier eigentlich so wundervoll?“

„Das sind unsere Zimtschnecken“, erklärte Mrs. Trout stolz. „Die sind ganz frisch.“

„Dann nehme ich davon auch zwei.“

Während Mrs. Trout die Bestellung ausführte, ging Ike um den Tresen herum, so daß er Maggie genau vor sich hatte. Er nahm eine Braut und einen Bräutigam in die Hand. „Sind die beiden nicht hübsch?“ fragte er. „Wie füreinander geschaffen, wenn Sie mich fragen.“

Maggie blieb stumm wie ein Fisch.

„Mal sehn, was passiert“, fuhr Ike fort. „Bam, bam, bam, bam!“ intonierte er den Hochzeitsmarsch und ließ Braut und Bräutigam nebeneinander einmarschieren. Doch plötzlich fing die Braut an, wie wild auf den armen Bräutigam einzuschlagen. „Hilfe! Hilfe! Hilfe!“ rief Ike aus.

Mrs. Trout, die die Szene beobachtete, konnte einen Lachanfall nur mit Mühe unterdrücken. Maggie verstand in diesem Punkt leider nicht soviel Spaß. „Finden Sie das komisch?“ fragte sie und nahm ihm die Braut weg.

„Sie sind doch dieser Ike Graham aus New York“, fiel Mrs. Trout da ein.

Ike wandte sich ihr zu. „Ganz richtig. Und wer sind Sie?“

„Betty Trout. Ich bekomme fünf Dollar von Ihnen.“

Er zog ein paar Dollarnoten aus der Hosentasche und reichte sie ihr. „Sie machen also den Hochzeitskuchen“, meinte er dabei.

„Und ich veranstalte die Luau für Maggie.“

„Die Luau?“

„Eine Art hawaiischer Polterabend. Mein Mann und ich lieben hawaiische Feste. Sie sind so... ungezwungen.“

„Verstehe.“

Als Maggie Luau hörte, verzogen sich die Gewitterwolken, die seit Ikes Erscheinen ihre Stirn verdunkelt hatten, rasch wieder und ihr sonniges Lächeln kehrte zurück. „Großmutter hat mir ein wundervolles Kleid genäht“, erzählte sie. „Ich kann es kaum erwarten, es dir zu zeigen.“

„Das wird ein Spaß!“ rief Mrs. Trout aus und rieb sich voller Vorfreude die Hände. Dann reichte sie Ike eine Papiertüte. „Wenn Sie noch in der Stadt sind, schauen Sie doch einfach vorbei“, lud sie Ike ein. „Sie werden sehen, daß wir hier sehr wohl zu feiern verstehen.“

„Mister Graham hat für sowas keine Zeit“, fiel Maggie ein. Ike auf ihrem Fest – das war so ziemlich das Letzte, was sie sich wünschte.

Ike indes setzte das breiteste Lächeln auf, das ihm zur Verfügung stand. „Ich komme sehr gerne“, sagte er, „vielen Dank für die Einladung.“

„Was soll denn das!“ rief Maggie verärgert. „Wollen Sie mir jetzt überallhin folgen wie mein Schatten?“

Ike lächelte hintergründig. „Keine Angst“, sagte er, „das liegt nicht in meiner Absicht.“

Er ging schon Richtung Tür, als Mrs. Trout ihn noch mal zurückrief. „Ihre Zimtschnecken!“

Ike machte kehrt und nahm die zweite Tüte mit dem Gebäck. Im Vorübergehen schenkte er Maggie nochmals ein Lächeln. Dann war er endgültig fort.

„Ist er nicht ein sehr netter Mann?“ fragte Mrs. Trout.

„Das finde ich überhaupt nicht“, erwiderte Maggie trotzig.

„Ich weiß gar nicht, was du hast."

„Schnüffelt er in meinem Leben herum oder in deinem?"

Maggie wußte ganz genau, daß das längst nicht alles war. Er war nicht nur deshalb hier aufgetaucht, um alles über ihre Vergangenheit herauszubekommen. Vor allem wollte er, daß die Vergangenheit sich auf der nächsten Hochzeit wiederholte, denn nur das war für ihn eine Riesenstory. Bei jeder Gelegenheit ließ er durchscheinen, daß das absolut sicher für ihn war, und die Genugtuung darüber war ihm jetzt schon anzusehen. Wie sie diesen Kerl haßte!

Maggie mußte unbedingt Bob sehen. Sie mußte ihm von Ike Grahams neuerlichem unverschämten Auftreten erzählen. Irgendwie hatte sie nach dem gestrigen Abend das Gefühl, daß auch Bob diesen großstädtischen Schmierfink für einen ganz netten Kerl hielt. Genau wie ihr Vater. Und Mrs. Trout. Merkte denn keiner, daß er sich überall nur Liebkind machte, um am Ende auf sie alle mit dem Finger zu zeigen?

Maggie parkte den Wagen vor der Sportanlage der High School. Von drinnen hörte sie die Kommandos der Trainer. Als sie die Anlage betrat, drehte gerade eine Gruppe Jungs ihre Runden auf der Aschenbahn.

„Hi, Maggie!" rief ihr da ein blonder Teenager zu, scherte aus der Gruppe aus und kam zu ihr herüber. „Weißt du, daß du einen Riesenfehler machst?" sagte er. „Heirate ja nicht unseren Trainer. Nimm lieber mich. Ich liebe dich!" Ein schelmisches Lächeln lief über sein Gesicht.

„Du solltest langsam wieder Tempo machen, Dennis", erwiderte Maggie, „sonst bekommst du am Ende ein paar Strafrunden aufgebrummt. Na los, mach schon!"

Dennis legte wieder zu und hatte bald zu den anderen aufgeschlossen. Er war ein netter Junge. Hilfsbereit und immer einen kessen Spruch auf den Lippen. Konnte gut sein, daß er wirklich in sie verliebt war. Aber er würde darüber hinwegkommen.

Am anderen Ende des Feldes trainierte eine Gruppe Footballspieler in voller Montur. Mit aller Kraft liefen sie immer wieder gegen einen Block an, um ihren Antritt zu verbessern. Bob stand daneben und feuerte ihre Versuche an: „Mehr, mehr, mehr! Aus den Hüften muß das kommen, ganz von unten heraus!"

Wer aber stand in aller Seelenruhe neben Bob? Ike Graham! Maggie wäre am liebsten aus der Haut gefahren. Genüßlich verzehrte er eine der Zimtschnecken, die er eben bei Mrs. Trout gekauft hatte. Als er Maggie erblickte, winkte er freundlich herüber. Dann stupste er Bob an und machte ihn auf sie aufmerksam.

„Okay, wir legen eine Pause ein", rief Bob den Spielern zu. Er kam sofort auf Maggie zu, während Ike zunächst stehen blieb. „Hi, Honey", begrüßte Bob seine Verlobte, nahm sie in den Arm und küßte sie.

„Was macht er denn hier?" fragte Maggie ungehalten.

„Du meinst Ike?" erwiderte Bob. „Er ist nur vorbeigekommen, um sich das Team anzusehen. Hat mir eine Tasse Kaffee und eine Zimtschnecke mitgebracht. Ist das nicht nett?"

„Wahnsinnig nett." Maggie verzog den Mund.

„Natürlich wollte ich auch über Sie sprechen", warf Ike, der nun auch nähergekommen war, ein. Zum Beweis dafür, daß das Gespräch mit Bob ergiebig gewesen war, wedelte er mit seinem vollgekritzelten Notizblock vor ihrer Nase herum. „Ich verstehe das nicht, Bob", sagte Maggie kopfschüttelnd. „Wie kannst du dich nur mit so jemandem anfreunden!"

Bob lachte nur. „Ich geb vor ihm doch nur damit an, wie toll du bist. Ich bin der glücklichste Mann auf der Welt."

Er packte Maggie an den Hüften und hob sie in die Luft. Kein Zweifel, er war glücklich mit ihr. Armer Bob, dachte Ike wieder, und Maggie mußte seine Gedanken irgendwie erraten haben, denn sie warf ihm einen finsteren Blick zu. Er antwortete ihr mit einem Zwinkern, dessen Harmlosigkeit die allerschlimmste Provokation war.

„Also, Freunde", sagte er schließlich, „ich verschwinde. Hab noch eine Menge Arbeit heute. Ich seh euch beiden Turteltauben später."

Ike und Bob klatschten ab. „Wir sehn uns spätestens auf der Hochzeit", grinste Bob.

„Soviel ist sicher." Maggie kriegte den Mund kaum noch zu. Hatte sie eben „Hochzeit" gehört? Verständnislos folgten ihre Blick Ike, der sich gerade in eine Gruppe von Cheerleadern einreihte, die ihren Auftritt probten und ihn mit viel Gekicher in ihren Reihen aufnahmen.

„Sag mal", wandte Maggie sich dann an Bob, „hab ich das eben richtig verstanden? Du hast ihn zu unserer Hochzeit eingeladen?"

„Ja. Er ist ein netter Kerl", antwortete Bob. Natürlich war ihm klar gewesen, daß er damit bei Maggie keine Beifallstürme ernten würde. Eigentlich hatte er Ike auch gar nicht deshalb eingeladen, weil er ihn wirklich für einen so netten Kerl gehalten hätte.

„Begreifst du denn gar nichts!" platzte Maggie heraus. „Er ist hier, um einen neuen Artikel über mich zu schreiben."

„Natürlich weiß ich das. Aber Angriff ist noch immer die beste Verteidigung. Du wirst es doch nicht zulassen, daß dein Gegner das Spiel bestimmt, nicht wahr?"

Maggie schüttelte den Kopf. „Du bist zu gutgläubig. Dieser Kerl hat dich mit seiner Freundlichkeit eingewickelt. Er wird nur Schmutz über mir ausschütten."

„Das kommt ganz auf dich an."

Sie sah ihn fragend aus ihren großen braunen Augen an.

„Laß ihn ruhig zur Hochzeit kommen. Du wirst nicht davonrennen, oder? Sag es. Sag: Ich renne nicht..."

„Ich renne nicht...", wiederholte Maggie etwas irritiert.

„So ist es gut. Wenn du also nicht wegrennst und Ike Graham das bezeugen kann, dann muß jeder Artikel, den er über dich schreibt, ein gutes Ende haben. Ganz egal, was er über dich denkt. So machen wir aus bitteren Zitronen süße Limonade, verstehst du."

Maggie konnte nur den Kopf schütteln über soviel Naivität.

„Laß dir etwas über diesen Mann sagen. Soviel Zucker und Wasser gibt es auf der ganzen Welt nicht, um Ike Graham in etwas zu verwandeln, das man auf ein Picknick mitnehmen würde."

Bob gab Maggie zuerst einen Nasenstüber, dann umfaßte er ihre Taille und drückte sie an sich. „Was ist denn aus meinem Sonnenschein geworden?" gurrte er. „So viele dunkle Wolken auf deiner Stirn. Das gefällt mir aber gar nicht."

Maggie sah ihn an. Was Ike Graham anging, war sie noch immer anderer Ansicht als Bob, und nichts auf der Welt würde sie von ihrer Meinung über ihn abbringen. Aber diesen kecken blauen Augen konnte sie einfach nicht widerstehen. Deshalb stahl sich schließlich doch ihr unvergleichliches Lächeln zurück auf ihr Gesicht.

„Genau das will ich sehen", freute sich Bob und küßte sie.

Ich laufe nicht weg, ich laufe nicht weg, ich laufe nicht weg... So rumorte es dabei die ganze Zeit in Maggies Kopf.

Maggie fröstelte, als sie die Kirche betrat. Nicht nur, weil die Luft hier kühler war als draußen. Kirchen bereiteten ihr stets ein gewisses Frösteln. Irgendwie fühlte sie sich zwischen all den Heiligenbildern immer klein und unwürdig. Dabei stand sie mit dem lieben Gott durchaus auf gutem Fuß. Allerdings – soviel mußte sie zugeben – intensivierte sich ihrer beider Verhältnis vor allem dann, wenn sie in der Klemme steckte.

Demütig nahm sie in einer der Gebetsbänke Platz. Vom Beichtstuhl herüber klang Getuschel. Mach schon, dachte sie ungeduldig. Sie hatte nicht viel Zeit, denn eigentlich sollte sie im Laden stehen.

Endlich ging die Tür des Beichstuhles auf. Mrs. Liddle, eine friedfertige alte Dame, bei der man sich kaum vorstellen konnte, was für Sünden sie begangen haben könnte, trat heraus. Maggie grüßte mit einem flüchtigen Lächeln, dann ging sie hinein und zog die Tür hinter sich zu.

„Segne mich, Vater, denn ich habe gesündigt", flüsterte sie dem Ohr hinter dem Gitter zu. „Meine letzte Beichte war vor..." Sie versuchte krampfhaft, sich zu erinnern. Ohne Erfolg. „Na egal", fuhr sie fort, „meine Frage ist ohnehin eher technischer Natur."

„Geht es um eine unreine Sache?" fragte der junge Priester mit weicher Stimme.

„Nein, das nicht. Es ist eher so... nun, es fällt mir einfach schwer, die andere Wange hinzuhalten. Ich brenne auf Rache. Ich will das Leben dieses Kerls zerstören, ich meine, seine Karriere und alles, was dazugehört. Wenn ich diesem Verlangen nachgebe, was würde mir das einbringen? Ich meine, ließe sich das mit einer gewissen Anzahl von Ave Maria wieder hinbiegen?"

„Mein Kind, jede Sünde im Herzen eines Menschen –"

„Maggie!" fuhr sie ungeduldig dazwischen. „Mein Name ist Maggie! Es ist noch keine zehn Jahre her, da hast du deine Zunge tief in meinen Rachen gesteckt, Brian. Also hör auf damit, mich ‚mein Kind' zu nennen. Das macht mich rasend!"

„Schon gut", erwiderte Brian, „bleib ganz ruhig."

Plötzlich zog er den Vorhang vor seinem Gitter zu und verließ den Beichtstuhl. Maggie verstand nicht, was das sollte.

„Mach sofort wieder auf", rief sie. „Du kannst mich doch nicht einfach hier sitzenlassen!"

Brian zog ihre Tür auf und sah sie vorwurfsvoll an. „Komm schon raus", sagte er. „Du solltest wirklich nicht zu mir zur Beichte kommen, Maggie. Du bist ja nicht einmal katholisch."

Sie trat vor ihn hin. Die beiden sahen sich eine Weile an. Für einen Augenblick flammten vor ihnen die Bilder der Vergangenheit auf. Die Zeit, in der sie ein Liebespaar gewesen waren. Aber dann hatte Maggie Brian einfach am Altar stehen lassen. Er war der erste der drei Männer gewesen.

„Es tut mir leid", sagte Maggie jetzt und senkte den Blick. „Ich stehe irgendwie neben mir, seit dieser schleimige Schmierfink aus der Großstadt sich hier herumtreibt. Eigentlich bin ich ja nur gekommen, um dich vor ihm zu warnen. Er wird irgendwann bei dir auftauchen und eine Menge lächerlicher Fragen stellen."

Brian wandte sich ab und entfernte sich ein paar Schritte von ihr. Maggie aber folgte ihm. Dann wandte er sich plötzlich zu ihr um. „Eigentlich hat er mich nur eine einzige lächerliche Sache gefragt", sagte er. „Was er sonst noch wissen wollte, war völlig normal."

„Wie bitte!" rief Maggie aus. „Er war schon hier? Hast du ihm erzählt, daß wir beide zusammen waren, bevor du Priester geworden bist?"

„Allerdings. Aber keine Angst, Maggie. Ich habe nur das Beste über dich erzählt."

Maggie war ganz aufgeregt. „Was hat er dich gefragt?"

In diesem Moment kam eine alte Lady herein. Sie war außer Atem. „Komme ich zu spät, Hochwürden?" fragte sie und atmete erleichtert auf, als Brian meinte: „Keineswegs, die Beichtstunde ist noch nicht zu Ende."

„Es dauert auch bestimmt nicht lange. Nur zwei läßlich Sünden." Sie trat in den Beichtstuhl, um dort zu warten.

„Also, was hast er gefragt?" drängte Maggie erneut.

„Er war sehr taktvoll. Er wollte zum Beispiel wissen, was wir gemeinsam hatten; welche Musik du mochtest; ob du mein Leben ruiniert hast, als du mich damals am Altar stehengelassen hast."

„Und was hast du geantwortet?"

Brian sah sie an. Woher kam die Schwermut in seinem Blick? Sie widersprach dem, was er sagte, völlig: „Wie sollte ich böse auf dich sein, wenn es so deutlich ist, daß das, was passierte, Gottes Wille war?" Es mochte ja Gottes Wille gewesen sein. Doch Brians Wille war es bestimmt nicht.

Maggie übersah die Traurigkeit in seinen Augen völlig, so sehr war sie in ihre eigenen Angelegenheiten verstrickt. „Das hast du gut gemacht", sagte sie erfreut. „Danke."

„Es stimmt auch, Maggie. Ich meine, ich bin dir nicht böse. Meine Aufgabe in der Gemeinde erfüllt mich. Und doch... es gibt Momente, in denen..." Erst jetzt spürte Maggie, was in Brian vorging. „Ja, natürlich...", stammelte sie unbeholfen, „es tut mir leid... Ich meine, ich war einfach..." Sie wußte, daß es für ihr Verhalten keine Erklärung gab, die Brian hätte zufriedenstellen können. Deshalb sagte sie schließlich: „Wir müssen beide wieder an die Arbeit, Brian. Die Kundschaft wartet nur ungern. Außerdem habe ich diesen Wahnsinnigen am Hals, und ich weiß ziemlich genau, wohin er als nächstes gehen wird."

Brian streichelte Maggie übers Haar. Er tat das nicht als Priester, sondern einfach als Freund. Maggie spürte, daß er noch immer viel für sie empfand. Ein Grund mehr, so schnell wie möglich von hier zu verschwinden.

Sie war schon auf dem Weg zur Tür, als sie sich noch mal umwandte. „Augenblick noch", sagte sie. „Was war eigentlich die lächerliche Frage, die er dir gestellt hat?"

Brian lächelte. „Er wollte wissen, wie du deine Frühstückseier wolltest."

„Merkwürdig. Wie solltest du das heute noch wissen, nach all den Jahren."

Sie wandte sich wieder um und ging. Doch da hörte sie Brian in ihrem Rücken sagen: „Du hast immer Rührei gegessen, mit Salz, Pfeffer und Dill. Genau wie ich."

Maggie blieb stehen. Nun erinnerte auch sie sich, und einen Augenblick fiel ihr auch wieder ein, wie es war, Brian zu lieben. Sie wandte sich um und sah ihn lange an. „Es tut mir wirklich leid, daß ich dir wehgetan habe", sagte sie schließlich, und es kam tief aus ihrem Herzen.

„Schon gut", erwiderte Brian. „Ich bin glücklich mit der Aufgabe, die ich zu erfüllen habe. Darf ich dich trotzdem um einen Gefallen bitten?"

„Natürlich."

„Wenn du jemals katholisch werden solltest, würdest du dann zu Vater Patrick zur Beichte gehen?"

Maggie lächelte. „Versprochen."

Es war nicht besonders schwer zu erraten, wohin Ike Graham als nächstes gehen würde: zu Gill Chavez, ihrem Fast-Ehemann Nummer zwei. Deshalb schwang Maggie sich sofort in ihren Lieferwagen und machte sich auf den Weg.

Gill war spanischer Herkunft und ein Mann, der sich mit allen Mitteln dagegen wehrte, erwachsen zu werden. Bis jetzt mit Erfolg. Heiße Motoren, harte Gitarrenriffs und nach den Mahlzeiten ein Joint – das war sein Leben.

Gill betrieb eine Autowerkstatt. Maggie hatte viel von ihm gelernt in der Zeit, in der sie mit ihm zusammen war. In technischen Dingen machte ihr seitdem keiner mehr etwas vor. Mit einer Vollbremsung hielt sie vor dem ehemaligen Feuerwehrhaus an, in dem Gill lebte und arbeitete. Sie sprang aus dem Wagen und rannte hinein. Auf der Hebebühne stand ein gelber Geländewagen, doch von Gill weit und breit keine Spur.

„Gill?" rief sie. „Lydia?"

Lydia war die Frau, mit der er schon seit ein paar Jahren zusammenlebte.

Keine Antwort. Dafür kam aus einem Nebenraum ein lauter Knall und anschließend ein Gepolter als würde gleich das Gebäude in sich zusammenstürzen. „Jaaaa!" erklang es dann triumphierend.

Wenig später tauchte Gill in einem ölverschmierten Grateful-Dead-T-Shirt auf und strahlte über das ganze Gesicht. In seiner Hand hielt er eine Kassette, deren Anblick ihm Tränen der Rührung in die Augen trieb.

„Ich hab sie!" sagte er, ohne Maggie zu begrüßen. „Stell dir vor: Nach Jahren hab ich sie endlich gefunden!"

Maggie kannte diesen Ausdruck in Gills Augen. Er bedeutete stets etwas ganz Besonderes. Sie erinnerte sich noch an genau diesen Blick, als er zum ersten Mal seine Hände unter ihre Bluse geschoben hatte.

„Weißt du, was das ist?“ rief Gill aus. „Das ist ein Mitschnitt des Radio City Music Hall Konzerts von Grateful Dead. Erinnerst du dich noch an die Nacht, in der ich versucht habe, den alten Jerry zu überreden, mich in die Probe reinzulassen?“ Er zog die Kassette aus der Hülle. Sein Gesichtsausdruck erstarrte. Blankes Entsetzen in seinen Augen. Die Kassette bestand nur noch aus ein paar Trümmern, das Band hing lose herunter.

„Na schön, dann spiele ich es eben live für dich“, sagte Gill enttäuscht und griff zur Gitarre.

„Hör zu, Gill!“ schrie Maggie gegen die ohrenbetäubend aufheulende Gitarre an. „Ich hab dir doch von diesem Reporter erzählt, der mir seit einiger Zeit das Leben zur Hölle macht. Wenn er hierherkommt, rede kein Wort mit ihm. Und vor allen Dingen –“ Sie trat auf Gill zu und schrie ihm ins Ohr: „Zeig ihm auf keinen Fall die Bilder, die du von mir auf diesem Konzert in San Francisco gemacht hast.“

In diesem Moment vernahm Maggie über sich ein eigenartiges Geräusch. Es hörte sich an wie Gelächter. Wo konnte das herkommen? Über ihr war eigentlich nur der Wagen auf der Hebebühne. Da schwante ihr Schlimmes.

Sie trat auf Gill zu und gab ihm zu verstehen, daß er aufhören sollte zu spielen, was er nur widerwillig befolgte. Dann drückte sie einen Knopf, und die Hebebühne senkte sich langsam.

„Wir waren zweimal in San Francisco“, sagte Gill unterdessen. „Erinnerst du dich noch an die Panne, den wir hatten? Welche Bilder meinst du eigentlich?“

Maggies Miene verfinsterte sich immer mehr, je tiefer der Wagen sank. Sie hatte es geahnt. Ike Graham saß lässig da und grinste sie an. Er hielt ein Foto in der Hand, das ihm offensichtlich großes Vergnügen bereitete.

„Na sowas!“ rief er aus. „Maggie Carpenter oben ohne in einem öffentlichen Konzertsaal.“

Maggie wurde feuerrot im Gesicht. Wütend schnappte sie nach dem Foto. Doch Ike war schneller.

„Was mich an diesem Foto aber am allermeisten irritiert“, sagte Ike nun, „ist, daß ich nirgendwo die eintätowierte Rose sehen kann, die Sie angeblich auf Ihrem Rücken haben sollen.“

Gill stellte seine Gitarre in die Ecke und kam näher. „Ike hat fünfzig Mäuse gewettet, daß du sie nicht mehr hast. Ich hab zu ihm gesagt: ‚Spinnst du, Mann! Maggie war verrückt nach dem Tatoo! Weißt du, ich könnte die fünfzig Mäuse wirklich dringend gebrauchen.“

Maggie verstummte schlagartig. Das Rot in ihrem Gesicht wurde noch eine Spur dunkler.

„Was ist jetzt, Maggie“, drängte Gill.

„Ihr seid doch total verrückt“, platzte sie schließlich. „Ich zeige euch überhaupt nichts! Ich bin auf dem besten Weg zu heiraten. Was denkt ihr euch überhaupt. Und jetzt her mit dem Foto!“

Maggies Gemütszustand näherte sich einem Punkt, an dem ihr lebenslängliche Haft für die Genugtuung, diesen Kerl ins Jenseits zu befördern, keineswegs als ein zu hoher Preis erschien.

„Ich würde Ihnen diese Fotos liebend gerne geben“, fuhr Ike seelenruhig fort. „Aber wir beide hier haben eine Wette laufen. Gestatten Sie uns also einen Blick auf Ihren Rücken und die Fotos gehören Ihnen.“

Maggie versucht erneut, ihm die Fotos zu entreißen. Doch Ike war auch dieses Mal schneller. Er schien dieses Katz-und-Maus-Spiel zu genießen.

„Na schön", zischte Maggie und wandte sich von den beiden Männern ab. Ihre Hände zitterten vor Erregung, als sie Knopf für Knopf ihre Bluse öffnete und dann ihren Rücken bloßlegte. Von einer Tätowierung war nichts zu sehen.

„Zufrieden?" sagte sie und zog sich wieder an.

„Vollkommen", grinste Ike.

Gill indes japste nach Luft. Er konnte es kaum fassen. Es war schon schlimm genug, daß er Ike jetzt fünfzig Dollar schuldete. Doch was Maggie offensichtlich getan hatte, war Verrat an allem, was sie zusammen erlebt hatten.

„Du hast es dir entfernen lassen?" stammelte er.

„Hör zu, Gill", fiel Ike ein. „Wir verdoppeln unsere Wette. Ich behaupte: sie hat nie eine echte Tätowierung gehabt. Ihre Rose war nur aufgeklebt. Hältst du dagegen?"

Gill war kurz vor einem Nervenzusammenbruch. Er trat auf Maggie zu. „Sag, daß das nicht wahr ist", verlangte er heiser.

Maggie wagte es nicht, ihn anzusehen.

„Na ja", druckste sie herum, „ich habe eben eine Heidenangst vor Nadeln. Aber deshalb bin ich doch kein schlechter Mensch."

Gill schluckte. „Schau", preßte er hervor und riß sein T-Shirt hoch. Auf seiner Brust kam eine kunstvoll eintätowierte Rose zum Vorschein – der Beweis seiner Liebe. Gill zeigte sie nicht nur Maggie, sondern auch Ike, der die Lippen aufeinanderpreßte und dann meinte: „Scheint mir, Sie haben diesem Mann zum zweiten Mal das Herz gebrochen."

„Das habe ich nicht!“ wehrte sich Maggie, obwohl sie ein schlechtes Gewissen hatte. Sie hatte jetzt genug davon. Mit einem Knopfdruck beförderte sie Ike wieder in die Luft, jedoch nicht, ohne ihm vorher das Foto abgenommen zu haben. Dann machte sie auf dem Absatz kehrt und verschwand.

Gill stand noch immer wie gelähmt da. „Du hast mir zum zweiten Mal das Herz gebrochen“, wiederholte er Ikes Formulierung und ließ sein T-Shirt langsam sinken. Doch Maggie hörte es längst nicht mehr.

Gill nahm seine Gitarre und setzte sich auf ein Ölfaß. „Was würde Jerry jetzt wohl machen, Ike?“ fragte er.

Ike war inzwischen ganz oben angekommen. Er lehnte sich aus dem Geländewagen und sah auf Gill herab. „Du weißt, was er tun würde, Gill“, sagte er. „Jerry würde spielen, ohne Ende. Jerry würde sich das verletzte Herz aus dem Leib spielen. Genau das würde er tun. Yeah.“

„Du hast recht“, bestätigte Gill und begann erneut in die Seiten zu hauen.

8

Mit großem Mißtrauen beobachtete Maggie, wie Ike sich in Hale festzusetzen begann. Nicht genug damit, daß er ständig ihren Weg kreuzte, er schaffte es auch, sich überall einzuschmeicheln. Mit einem Mal sangen alle wahre Lobeshymnen auf Ike Graham. Neulich hatte sie ihn sogar zusammen mit dem Polizeichef, dem Briefträger und dem zweiten Bürgermeister auf der Veranda vor dem Hotel „Atlantic" eine Bluesnummer einstudieren sehen. Maggie mußte zweimal hinsehen, um sicher zu gehen daß es sich um keine Sinnestäuschung handelte. Ike hatte dabei die Gitarre gespielt, und sogar sie mußte zugeben, daß es sich nicht schlecht anhörte. Eine ganze Traube von Leuten stand um die vier herum und applaudierte überschwenglich.

Dann kam der Tag des großen Baseballspieles, dem Hale schon seit langem entgegenfieberte. Kein Wunder also, daß an diesem Tag alle Sportfreunde der Stadt in Feierlaune waren.

Maggie holte ihre Freundin Peggy im Lieferwagen ab, um gemeinsam mit ihr zum Sportplatz zu fahren. Maggie wurde in letzter Zeit den Eindruck nicht los, daß mit ihrer besten Freundin etwas nicht stimmte. Irgendwie verhielt sie sich merkwürdig. Es hatte in ihrer langjährigen Freundschaft zwar immer wieder Phasen einer Entfremdung gegeben, doch im Moment fiel es Maggie schwer, darauf Rücksicht zu nehmen. Sie brauchte jetzt eine Freundin, auf die sie sich hundertprozentig verlassen konnte.

Vielleicht hatte Peggy ja Eheprobleme. Sie war schon seit langem mit Cory verheiratet, dem Star der Heimmannschaft. Cory war mit Abstand der beste Läufer. Das Spiel hatte kaum begonnen, als er schon einen dieser überragenden Läufe hinlegte. Unangefochten erreichte er das erste Base und brachte seine Mannschaft damit in Führung. Maggie und Peggy sprangen gleichzeitig auf und bejubelten überschwenglich den Punktgewinn.

Peggy mühte sich redlich, ihre Freundin dabei zu übertrumpfen, aber sie merkte rasch, daß sie einfach nicht mit ihr mithalten konnte. Maggies Lächeln, ihre Ausstrahlung ließen sich nicht nachahmen. Deshalb gab es keinen Mann, den sie damit nicht um den Finger gewickelt hätte. Nicht einmal Cory war vor ihr sicher, auch wenn er behauptete, daß die Zeit mit Maggie längst vorbei und daß sie der einzige Star in seinem Leben sei.

Der Jubel flaute ab, die Spieler bezogen wieder ihre Posten. Die beiden Freundinnen setzten sich. Peggy starrte noch immer wie gebannt auf Cory. Er war ihr Traummann, auch die fünf Jahre Ehe hatten daran nichts geändert.

„Okay, er ist auf dem ersten Base angekommen", sagte Maggie ungeduldig. „Können wir endlich wieder über ernsthafte Dinge reden? Zum Beispiel über mein Leben."

Peggy wandte sich ihr zu. „Wir reden doch die ganze Zeit über nichts anderes", sagte sie. „Was gibt's denn noch?"

Was sollte das denn jetzt bedeuten? Maggie hatte nicht die Nerven, sich auch noch um die Empfindlichkeiten ihrer Freundin zu kümmern. „Ike macht aus dieser Sache mit der Tätowierung eine große Geschichte", sagte sie. „Er erzählt überall herum, daß ich es mit Gill von Anfang an nicht ernst gemeint habe. Glaub' mir, er hat es voll auf mich abgesehen. Und er wird erst Ruhe geben, wenn er mich gekriegt und vernichtet hat."

„Aber was hat er davon? Will er persönliche Rechtfertigung, indem er beweist, daß er doch recht gehabt hat?"

„Das behauptet er zumindest. Aber wenn du mich fragst, steckt da noch etwas anderes dahinter. Er denkt vielleicht, ich bin so dumm, es nicht zu merken."

Peggy sah ihre Freundin erstaunt an. „Was nicht zu merken?"

„Na, er schreibt einen neuen Artikel über mich. Was sonst?"

„Ach so. Klar, schließlich hat er es dir zu verdanken, daß sie ihn gefeuert haben."

„Das ist der Grund? Da wäre ich nie drauf gekommen", versetzte Maggie sarkastisch. Peggy war heute wirklich keine große Hilfe, schon weil sie ständig nach Cory Ausschau hielt.

„Ich will damit nicht sagen, daß er es nicht auch verdient hätte", setzte Peggy hinzu. „Immerhin hat er dir ganz schön übel – Sieh dir das an! Cory ist auf dem Weg zum zweiten Base. Er ist heute einfach unschlagbar!"

Cory erreichte tatsächlich das zweite Base, bevor die gegnerische Mannschaft den Ball werfen konnte. Die Zuschauer sprangen begeistert auf und jubelten. Doch niemand jubelte so wie Maggie. Egal, wie groß die Menge war, sie stach immer heraus.

Die Frauen hatten sich eben wieder gesetzt, als Ike auf der Bildfläche erschien. Er bemerkte Dennis, den er bei einem seiner Besuche auf dem Sportplatz kennengelernt hatte, und hielt auf ihn zu.

„Kannst du mir sagen, wo ich Maggie finde?" fragte er.

„Lassen Sie lieber die Finger von ihr", erwiderte Dennis mit einem Augenzwinkern. „Ich werde Maggie heiraten."

„Kein Problem, Dennis."

„Na schön. Sie sitzt dort drüben."

Als die beiden Frauen wieder auf ihren Sitzen Platz nahmen, bemerkte Maggie, wer eben das Feld betreten hatte. Sie stieß ihre Freundin in die Seite.

„Wenn man vom Teufel spricht", sagte sie und wies auf Ike. „War ja klar, daß der Schnüffler hier nicht fehlen darf."

Peggys Blick suchte die Zuschauerreihen ab. „Wo ist er denn?" fragte sie, da sie nicht fündig wurde.

„Da drüben. Auf zehn Uhr. Er unterhält sich gerade mit Dennis. Sieht so aus, als würde Dennis zu dem, was später als ‚gut unterrichtete Quelle' bezeichnet wird."

„Also wenn du mich fragst, jetzt, wo er das Zeug aus den Haaren entfernt hat, sieht er erheblich besser aus. Man kann sicher viel Schlechtes über ihn sagen, aber eins muß man ihm lassen: Er ist ein attraktiver Mann."

Maggie sah ihre Freundin erstaunt an. So eine Bemerkung kam ihr schon fast wie Verrat vor. Obwohl auch sie zugeben mußte, daß Ike nicht schlecht aussah. Aber was zählte das schon, angesichts seines miesen Charakters?

In diesem Moment hatte Ike die beiden Frauen entdeckt. Er winkte und setzte dieses Lächeln auf, das charmant wirkte, aber nur spöttisch gemeint sein konnte. Eilig verabschiedete er sich von Dennis und kämpfte sich durch die Menge.

„Jetzt kommt er rüber", sagte Maggie in einem Ton als wäre die Beulenpest im Anzug. „Ich verschwinde besser. Sag ihm, ich wäre zu lange in der Sonne gewesen, okay? Ich möchte wenigstens fünf Minuten meine Ruhe haben vor diesem Kerl."

„Kein Problem", sagte Peggy, „ich übernehme das." Maggie kletterte das Zuschauergerüst herunter. Gleich in der Nähe saßen die restlichen Jungs aus Corys Mannschaft. Hierher würde Ike bestimmt nicht kommen.

Inzwischen hatte sich Ike bis zu Peggy durchgekämpft. „Hi“, begrüßte sie ihn.

„Hi, Peggy-nicht-die-Eisläuferin-Phleming“, lächelte Ike. „Ist der Platz neben Ihnen noch frei?“

„Äh... eigentlich ist das Maggies Platz...“

Zu spät. Ike hatte sich schon hingesetzt. „Und das ist bestimmt Maggies Bier“, sagte er und nahm die Dose, die unter der Bretterbank gestanden hatte. Er setzte sie an die Lippen und trank einen kräftigen Schluck. Es schmeckte schon ein wenig schal.

„Ist das da draußen Ihr Mann?“ fragte er dann. „Ich meine Cory Phleming. Wenn er nicht gerade Football spielt, arbeitet er als Moderator beim lokalen Rundfunksender, hab ich recht?“

„Haben Sie etwa seine Sendung ‚Aufwachen mit Phlem‘ gehört?“ wollte Peggy wissen. Sie war erstaunt, wie gut Ike über sie Bescheid wußte. Und sie liebte es, über die Vorzüge und Leistungen ihre Mannes Cory zu sprechen.

„Bis jetzt noch nicht“, erwiderte Ike. „Ich wache zur Zeit noch Phlem-los auf. Er ist auch ein ziemlich guter Baseballspieler, scheint mir.“

„Das ist er. Baseball ist ein wichtiger Teil seines Lebens. Auf der High School spielte er in der Mannschaft der Besten. Verstehen Sie, da kommt nicht jeder ’rein.“ Ike sah Sterne in ihren Augen glänzen, als sie das sagte.

„Das muß Sie mächtig stolz gemacht haben.“

Schlagartig verloschen die Lichter in ihren Augen. Sie sah vor sich hin und nippte an ihrer Limonade. „Damals war ich noch nicht mit ihm zusammen“, sagte sie, ohne Ike anzusehen. „Zu der Zeit waren er und Maggie ein Paar.“

Ike nickte.

Peggy sah ihn an und fügte rasch hinzu: „Aber er war nie einer ihrer... Ich meine, es war nie die Rede davon, daß die beiden... Na ja, sie gingen eben eine Weile zusammen aus, aber es war nicht wirklich ernst, wenn Sie verstehen, was ich meine.“ „Natürlich.“

Peggy verfolgte mit wachsender Anspannung das Geschehen auf dem Spielfeld. Cory war auf dem besten Weg, sein drittes Base zu machen. Es sah ganz so aus, als ob ihn heute niemand schlagen konnte. Als er es dann tatsächlich geschafft hatte, brandete euphorischer Jubel auf den Zuschauerbänken auf. Peggy sprang in die Luft und schrie so laut sie konnte: „Gut gemacht, Schatz! Du bist der Beste!“

Ikes Jubel fiel eher verhalten aus. Unter all den Menschen hörte er deutlich Maggies Freudenschreie. Sie stand am Spielfeldrand und tanzte begeistert auf und ab.

Auch Cory riß seine Arme in die Luft. Aber es war nicht Peggy, der er in seinem Triumph zuwinkte, sondern Maggie. Ike sah die Blicke, die zwischen den beiden ausgetauscht wurden, achtlose Blicke, hinter denen keine böse Absicht steckte, und die darum für Peggy noch viel schmerzhafter sein mußten. Er bemerkte, wie Peggy die Arme, die eben noch so überschwenglich gewunken hatte, fest an ihren Körper zog und sich gleich darauf wieder setzte, während Cory und Maggie sich ungeniert zulachten.

„Ist doch schön, daß die beiden immer noch Freunde sind“, sagte Ike. Es lag ihm nichts daran, Peggy noch mehr zu verletzen, doch für ihn warf diese Szene ein helles Licht auf Maggie Carpenters Charakter.

„Ja, klar“, erwiderte Peggy, während sie die beiden nicht aus den Augen ließ. „Aber das alles ist ziemlich lange her.

Wissen Sie, Maggie hat nichts gegen Männer. Sie unterstützt Männer, wo sie nur kann."

Peggy schwieg. Ike hatte nicht die Spur eines Zweifels daran, daß ihr der Ausgang des Spieles inzwischen ziemlich egal war. Sie wollte wissen, was da unten zwischen Cory und Maggie vor sich ging. Auch Ikes Aufmerksamkeit konzentrierte sich alleine darauf.

Inzwischen machte Cory das nächste Base. Er rannte an den Spielfeldrand, wo Maggie ihm überschwenglich um den Hals fiel. Gemeinsam kosteten sie den Triumph aus, während Cory für seine Frau keinen einzigen Blick übrig hatte. Es war, als ob sie gar nicht existierte.

Ike fühlte mit Peggy. Er sah, wie ihre Miene innerhalb von Sekunden versteinerte, ihre Gesichtszüge wirkten wie in Granit gemeißelt. Bisher hatte sie den beiden vielleicht noch verziehen und das ganze als Unachtsamkeit im Überschwang des Erfolges abgetan. Doch jetzt nicht mehr.

„Entschuldigen Sie mich einen Augenblick", sagte sie schließlich, stand auf und drängte sich an Ike vorbei.

Als sie weg war, zog Ike sein Tonbandgerät heraus, das er immer bei sich trug, um Einfälle und Beobachtungen unmittelbar festzuhalten.

Genau in diesem Moment wandte Maggie sich um. Sie bekam gerade noch mit, wie sich Peggy durch die jubelnde Menge kämpfte. Ihre Freundin sah nicht gerade aus, als würde sie zum Jubeln an den Spielfeldrand kommen. Und was sprach Ike auf sein Tonband? Was hatte er von Peggy erfahren?

Ehe ihre Freundin ankam, machte Maggie sich auf den Weg zu Ike. Mit einem anklagenden Blick kam sie schließlich auf ihn zu. „Wo Sie auftauchen, gibt es nur Ärger", zischte sie ihn an. „Sie sind erst ein paar Minuten hier und hinterlassen ein Chaos. Was haben Sie der armen Peggy angetan?"

„Sie brauchen gar nicht mit dem Finger auf mich zu zeigen", wehrte sich Ike. „Dieser Vorwurf fällt nämlich auf Sie zurück."

„Was wollen Sie damit wieder andeuten?"

„Tun Sie doch nicht so. Sie wissen ganz genau was ich meine. Sie haben Ihre Freundin eben ganz schön verletzt. Fällt Ihnen das wirklich nicht auf?"

Mit einem Mal sah Maggie sich in die Defensive gedrängt. „Sie mißverstehen da etwas gründlich", sagte sie verwirrt. „Wir drei sind schon seit einer langen Zeit Freunde. Die Verhältnisse zwischen uns sind völlig klar. Aber diese Art von Beziehung ist jemandem wie Ihnen natürlich fremd. Sie wühlen lieber im Schmutz, und wenn Sie keinen Schmutz finden, dann tragen Sie mit ihren schmutzigen Gedanken welchen hinein."

Ike hatte es langsam satt, daß sie ihn für die Ausgeburt aller Schlechtigkeiten dieser Welt hielt. „Es sieht so aus", meinte er spitz, „daß ich nicht der einzige bin, für den die Verhältnisse nicht so klar sind wie für Sie. Diesmal haben Sie wirklich einen verdammt schlechten Stand. Sehen Sie sich ruhig an, was Sie angerichtet haben. Mich entschuldigen Sie jetzt bitte."

Er ließ sie einfach stehen. Maggie sah hinunter an den Spielfeldrand, wo Peggy ihrem Cory zwar keine öffentliche Szene machte, doch es war klar, daß sie Klartext mit ihm redete. Und klar war auch, daß es zu Hause noch Nachschlag geben würde.

Maggie schüttelte verständnislos den Kopf. Was war denn plötzlich in die gefahren? „Ich bin eben gut im Anfeuern", sagte sie unschuldig zu sich selbst.

Nach seinem Abgang hatte Ike das unwiderstehliche Verlangen nach einem Drink gespürt. Es war ein schöner Spätsommerabend, vor der einzigen Bar in Hale standen ein paar Tische, so daß man auch im Freien sitzen konnte.

„Einen Scotch ohne alles", bestellte Ike.

Noch immer beschäftigte ihn der Vorfall, den er eben auf dem Sportplatz miterlebt hatte. Diese Maggie Carpenter wurde zu einem immer größeren Rätsel für ihn. War sie herzlos oder nur naiv? Was war für sie so reizvoll daran, mit den Gefühlen anderer Menschen zu spielen? Und schließlich: Wieso hatten die Götter ihr eine solche Macht über Männer gegeben, wenn sie nichts anderes damit anzufangen wußte, als den Menschen, die sie liebten, wehzutun?

Ike fragte sich, was wohl geschehen wäre, wenn er Maggie unter anderen Umständen kennengelernt hätte. Ob sie einander sympathisch gefunden hätten? Ob vielleicht sogar mehr aus ihnen geworden wäre? Wahrscheinlich ist es besser, wenn ich das nie erfahre, dachte er dann. Ich habe keine Lust, alleine am Altar zu stehen, während meine Braut sich aus dem Staub macht.

„Na, Mister", sagte da der Barkeeper und stellte den Drink hin. „Schwere Gedanken?"

„Wie man's nimmt."

„Sie sind doch dieser Reporter aus New York."

„Allerdings."

„Verstehe. Dann weiß ich schon, was Sie beschäftigt."

„So? Was denn?"

Grinsend ahmte der Mann einen Reiter nach, der in wildem Galopp ritt; eine deutliche Anspielung auf Maggies letzte Flucht vor der Ehe. Die beiden Männer brachen in Gelächter aus.

„Was ist eigentlich aus Maggies letztem Hochzeitskandidaten George Swilling geworden?“ fragte Ike.

„Keine Ahnung. Er ist weggezogen. Seitdem hat man nichts mehr von ihm gehört.“

Ike nickte und nahm einen Schluck von seinem Scotch.

Maggie hatte einen Plan. Sie mußte unbedingt herauskriegen, was Ike vorhatte und wieviel er über sie wußte. Deshalb war es unvermeidlich, daß sie sich in seinem Hotelzimmer ein wenig umsah. Natürlich war das illegal. Aber nur, wenn man sich erwischen ließ. Und das hatte sie nicht vor. Wie sie in Ikes Zimmer kommen sollte, bereitete ihr das geringsten Kopfzerbrechen. Selbstverständlich mit einem Schlüssel. Lee war ein alter Verehrer von ihr. Notfalls würde sie mit ihm ausgehen, aber vielleicht kam sie ja auch drumherum.

Nicht die Spur eines Skrupels ließ sie an ihrem Entschluß zweifeln, als sie sich auf den Weg zum „Atlantic Hotel“ machte. Sie hatte kurz vorher mit Lee telefoniert, um herauszufinden, ob Ike im Haus war.

Als sie an der Bar vorbeifuhr, sah sie ihn bei einem Drink auf der Veranda sitzen. Er unterhielt sich mit Phil, dem Barkeeper, der gerade seine aussagekräftige Pantomime aufführte. Für sie war klar, daß Ike den Anstoß zum Spott gegeben hatte. Dieser Mensch wird nie aufhören, mich überall zu einer Witzfigur zu machen, dachte sie bitter. In ihrem Entschluß wurde sie dadurch nur noch bestärkt.

Maggie parkte den Wagen auf der Rückseite des Hotels. Als sie nach drinnen kam, saß Lee schlafend hinter dem Empfangstisch, die Füße auf dem Tresen. Sie wischte die Füße vom Tisch, Lee fuhr erschrocken aus seinem Schlummer auf.

„He, Lee“, sagte sie, „gib mir den Schlüssel zum Zimmer dieses Reporters. Ich möchte dort ein wenig herumschnüffeln.“

Lee sah sie einen Moment verwirrt an, kratzte sich am Kopf und holte dann willfährig den Schlüssel. „Hier“, sagte er, „zweiter Stock.“

„Danke.“

„Nimm nichts Großes, ja. Ich will keinen Ärger kriegen.“

Wenig später sah Maggie sich um. Weit und breit niemand zu sehen. Beruhigt verschwand sie in Ikes Zimmer.

Da es bereits dunkel wurde, machte sie Licht. Sie warf rasch einen Blick um sich. Ike hatte einen gerahmten Kunstdruck in eine Art schwarzes Brett umfunktioniert, indem er Haftzettel mit seinen Notizen darangeklebt hatte. Neben der Stereoanlage lag eine Kassette. Auf der Hülle stand zwar „Miles Davis“, aber man konnte nie wissen. Deshalb steckte Maggie sie ein. Auf dem Nachttisch entdeckte sie ihr Hochzeitsvideo. Ihr war noch gar nicht aufgefallen, daß es fehlte. Elender Dieb, dachte sie und steckte es ein.

Dann nahm sie seine Notizen näher unter die Lupe. Erstaunlich, mit welcher Akribie er arbeitete. Das war eine richtige Tabelle. Alle ihr nahestehenden Personen hatten eine Spalte erhalten. Darunter klebten die wichtigsten Aussagen der jeweiligen Person. Daneben gab es noch eine Spalte mit allen möglichen Gedanken.

Maggie nahm einen der Zettel ab.

„Wie bekommt sie nur all diese Männer dazu, ihr einen Heiratsantrag zu machen?“ stand darauf. „So hübsch ist sie auch wieder nicht.“

Maggie lächelte. „Gib's mir, Tintenkleckser", murmelte sie und begann, die Haftzettel abzureißen und in ihre Tasche zu stecken.

Ike spürte, daß ihm der Alkohol langsam zu Kopf stieg. Zeit zu gehen, wenn er nicht betrunken werden wollte. Er schob ein paar Dollarnoten über den Tresen und machte sich auf den Weg zum Hotel.

Im Foyer angekommen, grüßte er flüchtig zu Lee hinüber, dessen erschrockenen Blick er nicht zu deuten wußte. Wenig später stand er vor der Tür seines Zimmers und steckte den Schlüssel ins Schloß. Zu seiner Überraschung stellte er fest, daß die Tür gar nicht abgeschlossen war. Sollte er das vergessen haben?

Beunruhigt trat er ein. Er merkte gleich, daß hier etwas nicht stimmte. Hatte er nicht im Augenwinkel noch mitgekriegt, wie die Tür zum Bad zuging? Außerdem... wo waren seine Notizen, die er ans Bild geheftet hatte? Und das Hochzeitsvideo war auch weg. Die Frage, wer das gewesen war, beantwortete sich wohl von selbst.

Da drang ein lautes Krachen aus dem Bad. Wie es aussah, war sie noch nicht weg. Ike wollte die Tür aufstoßen, aber sie war natürlich verriegelt. Wie wild hämmerte er mit der Faust dagegen.

„Ich weiß, daß Sie da drin sind", rief er. „Sie sind widerrechtlich hier eingedrungen. Sie haben meine Notizen gestohlen. Wenn Sie mich fragen, stecken Sie in ganz schönen Schwierigkeiten. Es ist also besser, wenn Sie die Tür aufmachen."

Wenn Ike sich da nur mal nicht täuschte. Maggie hatte eben die beiden Fenster inspiziert. Sie versuchte, das erste zu öffnen, aber es saß irgendwie fest. Deshalb wandte sie sich dem zweiten über der Badewanne zu. So ein Glück! Es bereitete nicht die geringsten Schwierigkeiten. Während sie sich fertig machte, hinauszusteigen, hörte sie Ike sagen: „Ich würde mich gerne mit Ihnen darüber unterhalten, warum Sie eine solche Nervensäge sind!“

Ike wußte, daß Maggie nicht aufmachen würde. Deshalb warf er seinen Körper gegen die Tür. Das Schloß war nicht besonders stabil, so daß sie schon beim ersten Versuch krachend aufflog.

Wütend lief Ike zum Fenster, durch das er Maggie eben noch verschwinden sah. Er steckte den Kopf hinaus und schrie ihr hinterher: „Das ist Einbruch! Ich rufe den Sheriff! Dafür wandern Sie in den Knast!“

„Natürlich“, lachte Maggie und drehte ihm eine Nase. „Und wenn Sie schon mal beim Sheriff sind, dann erinnern Sie ihn doch bitte daran, daß er den Wein für meine Luau nicht vergessen soll.“

Lachend machte sie sich aus dem Staub.

Zufrieden kehrte Maggie nach Hause zurück. Sie sagte kurz ‚Hallo‘ zu Großmutter Julia, die nähend vor dem Fernseher saß. Ihr Vater war vermutlich in einer Bar. Vor Mitternacht kam er bestimmt nicht nach Hause.

Maggie zog sich in ihr Schlafzimmer zurück, wo sie sich sofort daran machte, ihre Beute zu untersuchen. Sie legte die Kassette mit der Aufschrift „Miles Davis“ ein, gespannt, was sie gleich zu hören bekommen würde. Zu ihrer Überraschung genau das, was auf der Hülle stand: Musik von Miles Davis. Samtige Trompetenklänge umschmeichelten ihr Ohr. „Kind of Blue“ hieß der Titel.

Gespannt zog sie die Notizzettel aus ihrer Tasche. „Walter Carpenter, Vater – ein ziemlicher Schluckspecht“, stand auf dem ersten. „Peggy – ihre beste Freundin, aber Peggy vertraut Maggie nicht wirklich.“ – „Bob – ihr nächstes Opfer; sie liebt ihn nicht.“

Maggie lehnte sich zurück. Die Musik war einfach zu schön, um die Stimmung mit solchem Unrat zu verderben. Sie legte die Füße auf den Tisch und schloß die Augen. In ihrer Hand hielt sie einen Zettel, auf dem stand: „Sie kennt keine Reue“.

Peggy hatte mit Cory Klartext geredet, als er vom Baseball nach Hause kam. Er sah seinen Fehler ein und verwöhnte sie für den Rest des Wochenendes wie eine Prinzessin. Damit war die Sache für sie erledigt.

Deshalb verschwendete sie jetzt auch keinen Gedanken mehr daran. Es war Montagmorgen, der Ernst des Lebens hatte sie nach diesem turbulenten Wochenende wieder fest im Griff. Nachdem sie bei Mrs. Pressman einen Kaffee getrunken hatte, schloß sie nun den Schönheitssalon auf.

Sie machte große Augen, als sie Maggie vorfand. Ihre Freundin saß in einem der Frisierstühle und hatte auf sie gewartet.

„Was machst du denn hier?“ fragte Peggy. „Wie bist du überhaupt hereingekommen?“

Maggie antwortete nicht, sah Peggy ohne die Spur eines Lächelns an und fragte: „Glaubst du, ich flirte mit Cory?“ Sie hätte ebensogut fragen können: „Hat Ike Graham recht? Vertraust du mir wirklich nicht?“

Maggie hatte das ganze Wochenende nur über diese eine Frage nachgedacht. War sie wirklich so naiv? Sie hätte nie gedacht, daß ihr Verhalten Cory gegenüber Anstoß erregen könnte. Wenn es so war, wieso merkte sie es nicht? Es lag bestimmt nicht in ihrer Absicht, jemandem weh zu tun.

Peggy hatte keine Lust, die Sache noch mal aufzurollen, nachdem sie sich mit Cory bereits versöhnt hatte. Außerdem würde sie ein paar Dinge sagen müssen, die Maggie vermutlich nicht gefallen würden. Es war nicht gerade eine ihrer Stärken, anderen die Meinung zu sagen. Sie war eher der Typ, der lieber hinunterschluckte.

„Du siehst gut aus", sagte sie deshalb, statt auf Maggies Frage zu antworten.

„Danke. Glaubst du, ich flirte mit Cory?" beharrte diese.

„Ja", kam es nun trocken und bestimmt.

Maggie hatte gewünscht, sie würde ihre Frage verneinen. Aber sie hatte von Anfang an geahnt, daß sie es nicht tun würde. Sie fühlte sich elend. „Es tut mir leid", sagte sie. „Ich möchte das nicht."

Peggy trat näher. „Das weiß ich", sagte sie. „Ich glaube, du versprühst einfach soviel Charme und Ausstrahlung, daß sich alles, was männlich ist und sich bewegen kann, davon unweigerlich angezogen fühlen muß. Du kannst das gar nicht steuern, es passiert einfach."

Maggie sah ihre Freundin erstaunt an. „Alles, was männlich ist und sich bewegen kann? Meinst du das im Gegensatz zu allem, was männlich ist und sich *nicht* bewegen kann?"

„Ja, sowas gibt's. Bestimmte Arten von Korallen zum Beispiel."

Peggy setzte sich neben Maggie. Als sie beide noch zur High School gegangen waren, hatte sie sich immer gewünscht, so zu sein wie sie. Sie hatte immer den Erfolg bei Männern, während sie selbst oft die graue Maus war. Inzwischen beneidete sie Maggie nicht mehr. Ihr konnte sie nichts vormachen. Tief in ihrem Herzen war sie unglücklich.

„Ich werde mich umbringen", sagte Maggie nun deprimiert.

„Wieso denn das?"

„Weil du denkst, daß ich so eine bin, die es auf jeden Mann abgesehen hat; eine, die gar nicht anders kann."

Peggy nahm ihre Hand. „Aber nein, das denke ich doch gar nicht. Du bist eher der Typ, der jedem Mann signalisiert: ‚Ich bin auf eine Art und Weise bezaubernd und geheimnisvoll, daß nicht einmal ich selbst es begreife, und da ist etwas in mir, das nach dem Schutz durch einen großen, starken Mann wie dir verlangt.' Es ist ziemlich schwierig, dagegen anzukommen. Vor allem für uns verheiratete Frauen, denn wir sind schon längst nicht mehr geheimnisvoll."

„Das stimmt nicht, Peggy. Du bist sehr geheimnisvoll."

„Unsinn. Ich bin vielleicht ein bißchen eigenartig. Aber eigenartig und geheimnisvoll sind zwei völlig verschiedene Dinge."

„Und ich? Bin ich etwa nicht eigenartig?"

„Nein. Du weißt ganz genau, wovon ich rede."

Maggies Miene wurde nun noch eine Nuance ernster. „Peggy", sagte sie nach kurzem Schweigen, „ich bin wahrscheinlich völlig verdreht, einfach nicht normal. Trotzdem liebe ich dich, und ich verspreche dir, daß ich mit Cory nicht mehr flirten werde. Kannst du mir noch einmal verzeihen?"

Peggy sah, daß sie kurz davor war, in Tränen auszubrechen. Jedes ihrer Worte war ehrlich gemeint, und Peggy wußte es. Wie hätte sie da noch länger unversöhnlich bleiben können?

„Ich mache mir keine Sorgen wegen dir und Cory oder wegen mir oder darüber, daß du vielleicht völlig verdreht bist“, sagte sie. „Du warst schon so seit wir Kinder waren. Jetzt bist du dir dessen bewußt geworden, und du weißt auch, daß du mit deiner unbefangenen Art oft die Gefühle anderer Menschen verletzt. Glaubst du nicht, daß es jetzt an der Zeit ist, in deinem Leben weiterzugehen und dich an jemanden zu binden, jemanden wie Bob zum Beispiel, wenn er der Richtige ist.“

Maggie nickte. „Ich glaube, du hast recht. Gibt es vielleicht irgendetwas, das ich für dich tun kann?“

„Du meinst etwas, das mein Herz erwärmt?“ Sie überlegte. „Da ist etwas, ja. Du könntest dein Clowngesicht machen.“

Maggie sah ihre Freundin erstaunt an. Ein Lächeln schlich sich auf ihr Gesicht wie ein Sonnenstrahl durch dicke, graue Wolken. Schließlich riß sie die Augen auf und verzog ihren Mund. Peggy schüttete sich aus vor Lachen. Da fielen sich die beiden Frauen um den Hals und drückten sich lange und fest. Nichts würde sie jemals trennen.

Maggie lehnte sich wieder in ihrem Stuhl zurück. „Was würde ich nur ohne dich tun“, sagte sie und warf einen Blick in den Spiegel. „Wer sollte mir die Haare machen?“

Peggy knuffte sie in die Seite, dann holte sie Bürste und Schere.

Maggie hatte sich für diesen Vormittag viel vorgenommen. Sie wollte einiges in ihrem Leben verändern. Die klaren Worte, die sie mit ihrer Freundin gesprochen hatte, waren nur der Anfang gewesen. Einige Stunden später schwang sie sich auf ihr Fahrrad und fuhr in die Stadt. Ihr Ziel war das „Atlantic Hotel“. Bei Mrs. Pressmans Café legte sie einen kurzen Halt ein, um zwei Kaffee zu besorgen.

Lee stand hinter dem Empfangstisch. Maggie trat auf ihn zu, sagte nur: „Den Schlüssel."

„Nicht schon wieder", entgegnete Lee. „Außerdem ist Mister Graham noch auf seinem Zimmer. Er hat noch nicht einmal gefrühstückt."

„Den Schlüssel", beharrte Maggie.

„Du solltest es nicht übertreiben. Ein Glück, daß Mr. Graham die Sache beim letzten Mal nicht an die große Glocke gehängt hat, sonst wäre ich meinen Job hier los."

„Kein Angst, das wird nicht passieren. Und jetzt her mit dem Schlüssel."

Lee verstand es selbst nicht. Er konnte ihr einfach nicht widerstehen. Wahrscheinlich war er ein Fall für den Seelenklempner. Er fühlte sich beschissen, aber trotzdem schob er Maggie den Zweitschlüssel über den Tresen.

Wenig später stand sie vor Ikes Zimmer. Sie lauschte einen Moment an der Tür. Nichts zu hören. Offenbar schlief er noch. Bestimmt nicht mehr lange.

Vorsichtig schloß Maggie auf. Ike lag wirklich noch im Bett. Die Vorhänge waren zugezogen, so daß es ziemlich düster im Zimmer war.

Maggie sah ihn an. Er sieht nicht schlecht aus, dachte sie. Wenn er nur nicht so ein mieser Schweinehund wäre. Aber vielleicht –

Ike bewegte sich. Er blinzelte, atmete schwer. Er war also aufgewacht, hatte Maggie aber noch nicht bemerkt. Seine Hand griff nach der Bettdecke und wollte sie zurückziehen.

„Keinen Zentimeter weiter!" warnte ihn Maggie. „Ich bin nicht hier, um mir Ike Graham junior anzusehen."

Ike zuckte zuerst zusammen und fuhr dann hoch. Ein fassungsloses Lächeln trat auf sein Gesicht. „Ich irre mich wohl nicht, wenn ich behaupte, daß der junge Mann unten am Empfangstisch einer ihrer glühendsten Verehrer ist."

„Wie mache ich das nur?" erwiderte Maggie. „So hübsch bin ich nun auch wieder nicht."

Schon die ganze Zeit war Ike der angenehme Kaffeegeruch aufgefallen. Jetzt bemerkte er, daß Maggie zwei Becher mitgebracht hatte. Das machte sie ihm augenblicklich um einiges sympathischer. „Kaffee", sagte er nur, „her damit."

Maggie reichte ihm einen Becher. Er nahm einen ersten Schluck. Wohltuend strömte das warme Getränk seine Kehle hinab. Erst jetzt kam Leben in ihn.

„Ihre Notizen waren eine sehr anregende Bettlektüre", sagte Maggie unterdessen; „das heißt, wenn man auf Schundromane steht. Ihre Beobachtungen sind verzerrt, haltlos und unvollständig. Da das offensichtlich Ihr ganz persönlicher Stil ist, können Sie also stolz auf sich sein?"

„Ich bin keineswegs der Angeber, für den Sie mich halten. Worauf wollen Sie eigentlich hinaus?"

Ike griff sich sein Hemd, das auf einem Stuhl neben dem Bett hing und zog es an. Maggie sah ihm nicht uninteressiert zu, während sie sagte: „Ich will darauf hinaus, daß Sie schon wieder alles falsch verstehen. Das wird Ihren Ruf nicht unbedingt wiederherstellen, und für mich ist es auch nicht besonders schmeichelhaft, was dabei herauskommt. Deshalb möchte ich Ihnen die Möglichkeit geben, endlich die Wahrheit zu schreiben."

„Was Sie nicht sagen."

Er zog die Bettdecke zurück. Erschrocken fuhr Maggie herum. Ike stand auf und kleidete sich hinter ihrem Rücken an.

„Ich habe mich entschlossen, mit Ihnen zusammenzuarbeiten", erklärte Maggie unterdessen. „Ich stelle mich für ein ausführliches Interview zur Verfügung." Sie machte eine kurze Pause und fügte dann hinzu: „Für tausend Dollar."

Ike bekam fast einen Hustenanfall, als er die Summe hörte. „Das ist 'ne schöne Stange Geld", sagte er.

„Ich möchte eine große Hochzeit", erklärte Maggie, „mit einem Kleid, das alle umhaut. Für tausend Dollar bekommen Sie nicht nur ein Interview, Sie dürfen mir auch überallhin folgen und sich ein eigenes Bild von mir und meinem Leben machen."

Inzwischen hatte sich Ike fertig angezogen. Denn Kaffeebecher in der Hand ging er ans Fenster und zog die Vorhänge auf.

„Sehen Sie", meinte er, „die Redaktion, für die ich schreibe, bezahlt nicht für Geschichten. Sowas gilt in unserer Branche als unseriös."

„Verstehe, aber die Dinge zu verdrehen oder völlig frei zu erfinden ist seriös. Kommt Ihre Redaktion denn nicht für Ihre Spesen auf? Ich nehme übrigens auch einen Scheck. Allerdings keine Kreditkarten."

Ike lächelte sie an. Maggie gefielen die Grübchen, die dabei in seinem Mundwinkeln entstanden.

„Sie haben meine Notizen gelesen", meinte Ike. „Deshalb müßten Sie wissen, daß ich genügend Material habe, um einen Artikel daraus zu machen. Warum sollte ich also auch nur einen einzigen Dollar für mehr ausgeben?"

„Weil ich glaube, daß Sie ohne Auftrag schreiben", versetzte sie messerscharf. „Mit einem Interview könnten Sie Ihren Artikel vielleicht sogar verkaufen."

Damit hatte sie recht, das mußte Ike zugeben. Mit einem Interview wäre die Sache eine Titelgeschichte, soviel stand fest.

„Tausend sind zu viel“, sagte er.
„Sagen wir siebenhundertfünfzig.“
„Fünfhundert, nicht mehr.“
„Sechshundertfünfzig.“
„Abgemacht.“

Ike holte sein Scheckbuch aus der Innentasche seines Jacketts, stellte den Scheck aus und reichte ihn ihr. Ein zufriedenes Lächeln trat auf Maggies Gesicht, als sie die Summe schwarz auf weiß sah. „Auf gute Zusammenarbeit“, sagte sie und hielt Ike die Hand hin. Ihr zuzwinkernd, schlug er ein.

9

Vielleicht war es ein Fehler gewesen. Aber Maggie hatte keine andere Möglichkeit gesehen. Wenn sie mit Ike zusammenarbeitete, glaubte sie wenigstens etwas mehr Einfluß auf das zu haben, was er später über sie schreiben würde. Andererseits hielt sie ihn für die Art von Schmierenreporter, in deren Wortschatz die Begriffe „Fakten", „Objektivität" und „Wahrheit" nicht vorkamen. Hatte er die Story, die er schreiben wollte, nicht schon längst druckfertig im Kopf? Vielleicht. Aber immerhin hatte sie ihm so wenigstens sechshundertfünfzig Dollar abgeknöpft.

Wie auch immer, jetzt war es sowieso zu spät. Ike konnte jeden Augenblick in den Laden kommen, um sie abzuholen. Dreist, wie er war, hatte er nach dem Handschlag über den Handel verlangt, das Interview solle bei ihr zu Hause geführt werden. Maggie hatte sich kaum verweigern können. Sechshundertfünfzig Dollar waren eine Menge Geld, das mußte sie zugeben.

Ike war pünktlich. Sie wollte den Laden gerade schließen, um Mittagspause zu machen, als er hereinspazierte. Er warf einen raschen Blick um sich und meinte: „Hübsch haben Sie es hier. Können wir?"

Kurze Zeit später schloß Maggie die Ladentür zu. Sie nahm ihr Fahrrad, das an der Wand lehnte, und fuhr los. Ike hielt ziemlich gut Schritt. Sie machte sich einen Spaß daraus, ihn aus der Puste zu bringen und trat immer kräftiger in die Pedale. „Nicht schlecht", meinte sie, als sie bei ihrem Haus ankamen.

„Sie haben es wohl ganz gerne, wenn die Männer hinter Ihnen herrennen, was?" keuchte Ike.

„Solange ich schneller bin.“

Sie brachte ihr Fahrrad in die Garage und führte Ike dann ins Haus. „Pst“, machte Maggie im Flur, wobei sie den Zeigefinger an die Lippen legte, und flüsterte: „Oma macht um diese Zeit ihr Nickerchen.“

„Und ihr Vater?“

Maggie zuckte die Schultern. „Treibt sich ’rum.“

„Verstehe. Er hat Glück, eine Tochter wie Sie zu haben, die ihm den Laden führt.“

„Dann ist er wohl der einzige Mann, der Glück mit mir hat.“ War da ein Schatten auf ihrem Gesicht? Sie öffnete die Tür ihres Zimmers und trat mit Ike ein. „Wir sind da“, sagte sie.

Ike sah sich um. „Wir sind wo?“ fragte er.

„Nun, in meinem...“, sie zuckte die Schultern, „...meinem Reich. Entschuldigen Sie die Unordnung Ich glaube, ich habe hier nicht mehr aufgeräumt seit ich fünfzehn war.“

Ike sah sich staunend um. Daß Maggie nicht war, wie andere junge Frauen, hatte er ja gewußt. Aber dieses Zimmer war mehr als nur eigenartig. Ein Sandsack hing von der Decke, auf dem zerwühlten Bett lagen Boxhandschuhe. Lampen, Maschinen, kleine Geräte standen auf mehreren Tischen herum. Wofür braucht sie nur all dieses Zeug? „Was ist das denn?“ fragte er und ging auf ein abenteuerliches Teil zu, das wie eine Kreuzung aus Kaffeemaschine und Mixer aussah. „Eine Cappuccino-Maschine“, erklärte Maggie. „Möchten Sie eine Tasse haben?“

„Die funktioniert auch?“

„Na klar!“

„Haben Sie die etwa selbst gebaut?“

„Nur so zum Zeitvertreib“, sagte sie leichthin und fing an, Kaffeepulver in eine Öffnung zu schütten. „Ich hatte ein paar alte Teile übrig, und habe überlegt, was man damit noch anfangen könnte. Der Motor hier stammt aus einer Maschine, die einmal Farben gemischt hat."

Sie sagte das, als wäre es die größte Selbstverständlichkeit der Welt. Und wenn einer wußte, daß es das nicht war, dann Ike. Sein technischer Sachverstand reichte gerade mal, um eine Glühbirne auszuwechseln.

„Und das hier?" fragte er und nahm etwas, das aussah wie eine Metallschachtel mit zwei Löchern.

„Ach das", lächelte Maggie vergnügt. „Das ist ein Geburtstagsgeschenk für meine Cousine."

„Sie meinen Cindy aus dem Schönheitssalon."

„Genau die. Probieren Sie es mal aus. Sie müssen nur ihren Finger in das Loch da stecken."

Ike befolgte ihre Anweisung. Nichts geschah. Maggie lächelte ihn an wie einen dummen Jungen. „Natürlich in das andere Loch."

Als er seinen Finger in die richtige Öffnung steckte, schaltete sich automatisch ein kleiner Elektromotor ein, zwei Bürsten begannen zu rotieren und seinen Nagel zu putzen.

„Das ist ja unglaublich!" rief Ike begeistert aus. „Sowas hab ich noch nie gesehen."

„Das gibt es auch nur bei mir", sagte Maggie stolz. „Na ja, eigentlich ist es mehr ein Scherz. Aber Cindy wird es bestimmt Spaß machen."

Ike war völlig von den Socken. „Nicht zu fassen. Sie nehmen Teile von Maschinen, die andere in den Müll werfen würden, und machen daraus etwas Neues. Das ist einfach großartig." Erst jetzt fiel ihm auf, wieviele dieser kleinen Geräte hier herumstanden. Vor allem aber schien Maggie sich auf Lampen spezialisiert zu haben. Es gab sie in allen Variationen: groß und klein, zierlich und klobig, bunt oder verchromt. Sie bestanden aus Rohren und Drähten, Stoff oder Plastik. Nur eines hatten alle gemeinsam: den kleinen Aufkleber mit der Abkürzung „MAG". „Ist das Ihr Logo?" fragte Ike.

„Wenn Sie so wollen."

„Das gefällt mir. Ich finde das alles umwerfend. Bestimmt könnten Sie einiges davon in New York verkaufen. Auf sowas stehen die Leute."

Maggie zuckte die Schultern. „Vielleicht mache ich das ja eines Tages."

„Die ganze Zeit habe ich mich gefragt, wie es wohl in Ihren privaten Räumen aussehen mag", sagte Ike und setzte sich. „Nicht daß ich rosa Plüsch und Häkeldeckchen erwartet hätte. Aber das hier haut mich glatt um. Es ist eben nicht so, wie man sich das Zimmer einer Frau vorstellen würde."

Maggie zog ihre Mundwinkel nach unten. „Das ist ja wieder einmal typisch! Ihre Erwartungen waren eben ziemlich chauvinistisch. Eine Frau, die sich mit Technik beschäftigt, ist für einen Mann eher beängstigend, was? So ähnlich als wolle sie beim Sex oben liegen."

Ike lächelte verlegen. Sie hatte die Sache wohl auf den Punkt gebracht. „Und sportlich sind Sie auch noch", sagte er mit Blick auf den Sandsack.

„Das dient eher dem seelischen Ausgleich", erklärte Maggie und brachte ihm seinen Cappuccino. „Haben Sie genug gesehen?"

„Für's erste ja."

„Kommen Sie. Ich möchte Ihnen noch etwas anderes zeigen." Gemeinsam gingen sie ins Wohnzimmer. Dort zog Maggie die Schublade einer Kommode auf und holte ein

Schmuckkästchen heraus. Darin lagen drei Ringe. „Das sind die Verlobungsringe meiner drei Fast-Ehemänner", erklärte sie, nahm einen Ring heraus und reichte ihn Ike. Es war ein Goldring von schnörkelloser Eleganz mit einem eingefaßten Rubin. „Der hier ist von Brian", erklärte Maggie.

„Sie meinen Hochwürden Brian."

„Er brachte mich an einen See, auf den er mich in einem Boot hinausruderte, um mir dann diesen Ring in einem mit Samt ausgelegten Kästchen zu überreichen", erzählte Maggie.

„Und so ein Mann ist Priester geworden?" witzelte Ike. „Nicht zu fassen."

Maggie hieb ihn mit dem Ellenbogen in die Rippen. „Es war wirklich sehr romantisch!"

Sie legte den Ring zurück und reichte Ike ein anderes Exemplar, das sich vom ersten kaum mehr hätte unterscheiden können. Er war breit, aus Silber und hatte die Form einer gewundenen Rose. „Der ist natürlich von Gill", sagte Maggie. „Er hat am T-Shirt-Stand während eines Grateful-Dead-Konzertes um meine Hand angehalten. Ich fand das wirklich toll. Zumindest bis zu dem Augenblick, als er plötzlich in den Wahn verfiel, das Schlagzeug sei ein blutsaugender Außerirdischer."

Ike nickte verständnisvoll. „Das ist immer ein absoluter Stimmungstöter."

„Trotzdem erinnere ich mich gerne daran." Sie nahm Gills Ring zurück und holte den letzten aus der Schatulle. Er hatte die Form eines Schmetterlings. Die Flügel waren mit kleinen Rubinen, Saphiren und Beryllsteinen besetzt. „George", sagte Maggie nur. „Er bat mich auf einer Schmetterlingsfarm in St. Thomas um meine Hand. Den Ring hatte er kunstvoll in einem Kokon verpackt. Ist das nicht romantisch?“

„Weiß nicht. Mich erinnert das irgendwie an ‚Das Schweigen der Lämmer‘. Schwer zu glauben, daß Sie bis zur Hochzeit gewartet haben, um vor ihm davonzulaufen.“

„Er war Insektenforscher!“ rief Maggie. „Für mich war das damals völlig einzigartig. Es hat mich tief beeindruckt.“

„Und das da an Ihrem Finger ist wohl Bob“, meinte Ike, während er ihr den Schmetterlingsring zurückgab.

Maggie streckte die Finger ihrer linken Hand aus und sah sich Bob's Verlobungsring an. Er stellte eine goldene „#1“ mit einem Diamanten in der Zahl dar. „Bob fragte mich während des Spiels in Oriole, ob ich seine Frau werden würde“, erzählte sie. „Aber wie er es –“

„Halt! Warten Sie!“ unterbrach Ike sie. „Auf der Anzeigetafel leuchtete plötzlich ‚Heirate mich, Maggie!‘ auf.“

Sie nickte. „Es war einer der wundervollsten Augenblicke in meinem Leben. Sogar Carl Ripken applaudierte. Das war überhaupt das Größte für Bob. Und für mich natürlich auch.“

Ike verzog den Mund. „Hört sich ziemlich verdächtig an, wenn Sie mich fragen.“

„Was meinen Sie damit? Es war unglaublich romantisch.“

„Na, vielleicht bin ich ja der einzige, der so denkt, aber...“ Ike trat einen Schritt näher. „Sehen Sie, ich finde einfach, wenn jemand die große Frage so sehr aufmotzt, stimmt irgendwas nicht damit. Verstehen Sie, ich frage mich, warum er glaubt, das nötig zu haben.“

„Ach.“ Maggie sah ihn aus großen Augen an. Von der Seite hatte sie das noch nicht betrachtet.

„Das Ehrlichste, was jemand in so einer Situation sagen kann, ist doch: ‚Ich verspreche dir, daß wir manche harte Zeit vor uns haben. Ich verspreche dir außerdem, daß wir immer wieder an einen Punkt kommen werden, an dem der eine oder andere von uns am liebsten alles hinschmeißen will. Aber ich versichere dir auch, daß ich es für den Rest meines Lebens bedauern würde, wenn ich dich nicht frage, ob du die meine werden willst. Denn ich fühle in der Tiefe meines Herzens... daß du die einzige für mich bist.'"

Maggie sah Ike bei diesen Worten wie gebannt an. Sie bekam eine Gänsehaut. Welchen eigenartigen Klang seine Stimme plötzlich bekommen hatte. Lag tief unter dem Zynismus dieses Zeitungsschmierers etwa ein Romantiker verborgen? Kaum vorzustellen.

„Das haben Sie schön gesagt", meinte Maggie schließlich und setzte sich. „Trotzdem, mir gefällt es besser auf der Anzeigetafel eines Stadions. Haben Sie so um die Hand Ihrer Ex-Frau angehalten?"

Ike sah sie überrascht an. Woher wußte sie, daß er geschieden war? Maggie konnte seine Frage leicht erraten und erklärte deshalb: „Schauen Sie nicht so überrascht. Auf Ihrer Stirn steht groß und deutlich: geschieden. Das habe ich gleich gesehen."

„Ich stecke eben noch in der Entwicklung."

„Also, haben Sie so um die Hand Ihrer Frau angehalten?"

Ike lächelte in sich hinein, als er sich an die Situation mit Ellie erinnerte.

„Nein", sagte er dann, „ich glaube ich habe irgendwas Weitschweifiges gesagt, etwas wie: ‚Wir teilen schon das Bett, sollten wir nicht auch eine gemeinsame Steuererklärung machen?'"

„Wow!" rief Maggie erheitert aus. „Das ist aber romantisch! Wie kann es sein, daß Sie nach einem solchen Antrag nicht das ewige Glück gefunden haben? Was ging denn schief?"

Ike zuckte die Schultern. „Keine Ahnung."

„Sie wissen es nicht?"

Er schüttelte den Kopf.

„Dann sollten Sie vielleicht mal Ihre Ex-Frau fragen. Haben Sie das schon mal in Erwägung gezogen? Sie könnten dabei einige sehr interessante Dinge erfahren."

Ike wurde zunehmend unruhiger. Er hatte es nicht so gerne, wenn er wegen seines Privatlebens ins Kreuzverhör genommen wurde. „Vielleicht habe ich unseren Handel ja falsch verstanden", sagte er, „aber der Scheck, den ich Ihnen gegeben habe, berechtigt mich dazu, die Fragen zu stellen, nicht Sie."

Ike stellte die leere Tasse auf den Tisch, setzte sich nun ebenfalls und nahm sein Diktiergerät heraus.

„Hört sich fair an", gab Maggie zögerlich zu. „Allerdings..." Sie stand auf und brachte ein paar Schritte Sicherheitsabstand zwischen sich und ihm. „Ich brauche noch einen Tag, um zu sehen, ob Ihr Scheck überhaupt gedeckt ist", sagte sie dann.

„Das kann doch wohl nicht Ihr Ernst sein!" rief Ike enttäuscht aus. Aber er merkte schnell, daß da nichts zu machen war.

„Keine Bange, Sie bekommen Ihr Interview", lächelte Maggie. „Ich hole Sie morgen in Ihrem Hotel ab. Sagen wir nach dem Frühstück?"

Ike nickte. „Beantworten Sie dann meine Fragen?"

Sie zwinkerte ihm schelmisch zu. „Lassen Sie sich überraschen."

Mit einer sportlichen Vollbremsung kam der Lieferwagen vor dem Geschäft für Brautmoden zum Stehen. Eilig sprang Maggie aus dem Auto. Sie wirkte ziemlich aufgekratzt. „Na, kommen Sie schon!“ drängte sie Ike zur Eile.

Gelassenen Schrittes folgte er ihr vor das Schaufenster, wo sie stehengeblieben war. Ehrfürchtig betrachtete sie das darin ausgestellte schulterfreie Kleid aus Satin. „Ist es nicht wundervoll?“ fragte sie mit glänzenden Augen.

Ike konnte ihr nicht widersprechen. „In dieser Verpackung würde ein Mann wohl jede Frau heiraten“, sagte er. „Und Ihnen würde es mit Sicherheit ganz besonders gut stehen.“

„Ist es nicht unglaublich“, seufzte Maggie. „Obwohl ich schon so oft vor dem Altar stand, bin ich immer noch nicht verheiratet. Das heißt, daß ich nach wie vor eines dieser einzigartigen Kleider brauche.“

Es verlangte keinen detektivischen Spürsinn, um zu erraten, welches sie dabei im Blick hatte. Da sie sich trotz aller sonstigen Meinungsverschiedenheiten in dieser entscheidenden Frage mit Ike einig wußte, schenkte sie ihm jetzt eines dieser bezaubernden Lächeln, die auch den klirrendsten Wintertag zum Frühling machten.

Gemeinsam betraten sie den Laden. Die Besitzerin, Mrs. Whittenmeyer – eine streng dreinblickende hochgewachsene Frau von kräftiger Statur –, überwachte ihre pummelige Verkäuferin Polly beim Abstecken der Kleider für das Blumenmädchen. Die Kleine stand auf einem Podest in der Mitte des Ladens und ließ die Prozedur geduldig über sich ergehen. Schweigend stand die Mutter des Mädchens daneben. Es war völlig klar, daß nicht sie, sondern Mrs. Whittenmeyer das letzte Wort in allen ästhetischen Fragen haben würde.

„Guten Tag, Mrs. Whittenmeyer“, grüßte Maggie, „hi, Polly!“

Als das angehende Blumenmädchen Maggie erblickte, sprang es wie von der Tarantel gestochen vom Podest und versteckte sich hinter Polly. Ängstlich lugte sie hinter der Verkäuferin hervor.

„Hi, Maggie“, lachte Polly indes, während Mrs. Whittenmeyer mißgelaunt den Mund verzog. „Du darfst das der Kleinen nicht übelnehmen. Einige der Kinder haben Angst vor dir, seit sie gehört haben, daß du diesem kleinen Jungen bei deiner letzten Flucht einen solchen Tritt gegeben hast, daß er hingefallen ist und sich dabei eine blutige Nase geholt hat.“

„Ich hab ihn doch gar nicht gestoßen“, protestierte Maggie und wandte sich an das Mädchen. „Er ist versehentlich auf seine offenen Schuhbänder getreten, deshalb ist er hingefallen.“ Die Kleine schien ihr nicht so recht zu glauben.

Maggie ging zum Schaufenster und wies auf das ausgestellte Kleid. „Genau dieses Kleid möchte ich haben“, erklärte sie überschwenglich und sah zwischen Polly und Mrs. Whittenmeyer hin und her. Anders als erwartet, löste sie damit bei der Geschäftsinhaberin nicht die geringste Freude, sondern nur ein unwilliges Stirnrunzeln aus.

„Kümmere dich wieder um Leslies Kleid, Polly“, befahl Mrs. Whittenmeyer ihrer Angestellten, um sich dann an Maggie zu wenden:

„Ich verstehe Sie nicht. Das Kleid, das Sie sich zurücklegen ließen, ist doch sehr hübsch.“

„Das ist es“, bestätigte Maggie, „aber ich habe meine Meinung geändert.“

„Das Kleid im Schaufenster kostet tausend Dollar.“

Maggies hob ihr Kinn und sah Mrs. Whittenmeyer unverwandt an, als sie voller Stolz sagte: „Ich habe tausend Dollar."

Die Geschäftsinhaberin ignorierte ihre Worte und entgegnete: „Das andere kostet nur dreihundert Dollar, Kindchen."

Mrs. Whittenmeyers Verhalten verwirrte Maggie. Mit Enttäuschung in der Stimme fragte sie: „Ist das Kleid denn nicht zu verkaufen?"

„Natürlich ist es zu verkaufen. Ich finde nur, daß Sie nicht tausend Dollar für ein Kleid ausgeben sollten, das Sie nur zehn Minuten tragen werden."

Die Herablassung, von der diese Worte durchdrungen waren, verletzte Maggie zutiefst. Innerhalb von Sekunden verflüchtigte sich die Freude, mit der sie in den Laden gekommen war. Ike, der die Szene aus einigem Abstand zunächst nicht ohne Vergnügen beobachtet hatte, fühlte mit Maggie. Zum ersten Mal wurde ihm klar, daß es für sie nicht immer leicht war, überall als „die Braut, die sich nicht traut" bekannt zu sein und verspottet zu werden. Was für manche Leute ein Witz war, war für sie der bittere Ernst ihres Lebens.

Mrs. Whittenmeyers Worte hallten lange in Maggie nach. Sie erinnerte sich daran, daß sie und ihre Familie bereits ein kleines Vermögen für ihre drei Hochzeiten ausgegeben hatten. Und mit welchem Ergebnis? „Sie haben vielleicht recht", gab sie mit belegter Stimme zu. „Das andere Kleid ist wirklich sehr hübsch."

Ike erkannte Maggie nicht wieder. War das die Maggie, von der er immer gedacht hatte, daß sie sich zu wehren wisse? Wieso nahm sie diese Demütigung einfach so hin? Wie ein dummes kleines Mädchen stand sie jetzt vor der selbstgerechten Ladenbesitzerin, und dieser Anblick versetze Ike in Rage.

„Kann ich Sie einen Augenblick sprechen, Mrs. Whittenmeyer?“ fragte er bereits ergraute Lady. Ein wenig verwirrt, begab sie sich zu ihm. „Ich komme von auswärts und weiß nicht viel darüber, wie man in dieser Gegend einen Laden führt“, sagte er dann. „Aber wenn ich es richtig sehe, ist es doch so, daß Sie eine Verkäuferin sind, die Hochzeitskleider verkauft.“

„Das ist in der Tat so, junger Mann“, erwiderte sie stolz. „Ich leite diesen Laden seit über dreißig Jahren.“

„Wunderbar. Ich habe nur deshalb gefragt, weil Miss Carpenter eindeutig erklärt hat, daß sie hier ein Kleid kaufen möchte. Und zwar nicht irgendeines, sondern genau jenes da im Schaufenster.“

„Aber das kostet tausend Dollar!“ rief Mrs. Whittenmeyer unverbesserlich.

Da begriff Ike, daß hier keine Worte mehr halfen. Man mußte diese Frau mit Taten überzeugen. Begleitet von den verständnislosen Blicken der Ladenbesitzerin ging Ike zum Schaufenster, nahm kurzerhand die Schaufensterpuppe mit dem Kleid und klemmte sie sich unter den Arm. In letzter Sekunde fing Mrs. Whittenmeyer ihre Perücke auf. „Entweder wir können dieses wunderbare Kleid und alles andere, was Miss Carpenter sich wünscht kaufen“, erklärte Ike, „oder ich ziehe meine Spritzpistole voller Tinte aus der Tasche.“ Mrs. Whittenmeyer erstarrte zur Salzsäule. Sie wandte sich an Maggie: „Ist das wirklich sein Ernst?“ Als Maggie ohne zu Zögern nickte, änderte sich Mrs. Whittenmeyers Meinung schlagartig. „Wieso suchen Sie sich nicht ein paar hübsche Accessoires aus, während ich das Kleid einpacke. Polly, komm und hilf mir!“

„Aber es kostet tausend Dollar!“ raunte Polly ihrer Chefin nochmals zu.

„Bist du wohl ruhig!“ fuhr ihr Mrs. Whittenmeyer über den Mund. „Der Mann hat Tinte bei sich!“

Maggie sah Ike dankbar an. Nach all dem Unerfreulichen, das zwischen ihnen vorgefallen war, hätte sie nicht erwartet, daß er sich so für sie einsetzen würde.

„Ziemlich schwierig, in dieser Stadt sein Geld loszuwerden“, sagte Ike nur trocken.

„Sie können das Kleid jetzt anprobieren“, rief Mrs. Whittenmeyer etwas später durch den Laden.

Ike setzte sich und wartete. Als er schon eine Weile dasaß, fing er an sich zu langweilen und holte sich deshalb eine Zeitung, die auf dem Verkaufstresen lag. Er hatte sich eben wieder gesetzt, als Maggie aus der Umkleidekabine kam.

„Na, wie finden Sie es?“ fragte sie. „Und was, glauben Sie, sieht besser aus? Wenn ich mir die Haare hochstecke oder sie einfach so lasse?“

Ike blickte auf. Als er Maggie vor sich sah, stockte ihm der Atem. Selbst wenn sie es nur zehn Minuten tragen sollte, dieses Kleid war jeden Dollar wert; doch ohne Maggie wäre es nur ein Haufen Stoff gewesen.

Ike wollte sie nicht spüren lassen, wie gut sie ihm gefiel. „Sie sehen... wirklich... Sie sehen gut aus darin“, stammelte er und tat so, als nehme er die Lektüre seiner Zeitung wieder auf.

Maggie lachte. „Gut?“ wiederholte sie. „Sie halten die Zeitung verkehrt herum. Das ist um einiges besser als gut.“

„Bob wird es bestimmt gefallen“, brummte Ike.

Als Maggie den Namen ihres Verlobten hörte, durchfuhr sie ein Schreck. „Bob!“ rief sie aus. „Oh, mein

Gott, den hätte ich fast vergessen. Ich bin mit ihm verabredet."

Sie sprang vom Podest und eilte in die Umkleidekabine. Aber Ike sah sie noch immer so vor sich, wie sie eben dagestanden hatte. Dabei dachte er: Ein Glück, daß sie wieder weglaufen wird. Eine Frau wie sie ist viel zu schade für jemanden wie Bob.

Ungeduldig sah Bob auf die Uhr. Er saß schon seit einer Viertelstunde in „Hale's Café" und wartete auf Maggie. Wo steckte sie nur?

Es war schon nach zwölf Uhr, der Laden um diese Zeit brechend voll. Alle Welt kam mittags hierher, um zu essen. Nur mit Glück hatte Bob noch zwei Plätze an der Theke ergattert.

„Willst du nicht doch langsam etwas bestellen?" fragte Mrs. Pressman hinter der Theke hervor.

„Ein paar Minuten warte ich noch", entgegnete Bob nervös.

Kaum hatte er das gesagt, da kam Maggie mit Ike im Schlepptau herein. Sie eilte auf ihren Verlobten zu, küßte ihn und entschuldigte sich für ihre Verspätung. Sie setzte sich neben Bob, während Ike zwischen ihnen stehen blieb. Er hatte nicht vor, lange zu bleiben.

„Wir können jetzt bestellen", rief Bob Mrs. Pressman herbei.

„Unsere Tagesspezialität ist leider aus", teilte Mrs. Pressman mit, während sie Block und Kugelschreiber zückte. „Jemand hat zu wenig Würstchen bestellt." Mit einer Bewegung des Kopfes wies sie auf den Koch, den man durch die offene Tür zur Küche mit dampfenden Töpfen und Pfannen hantierte sah. „Was darf's sein?"

„Ich nehme das Gartenomelett“, bestellte Bob und fügte hinzu: „Nur das Eiweiß, bitte.“

„Für mich das selbe“, sagte Maggie.

Ike räusperte sich. „Alles andere hätte mich überrascht“, murmelte er, doch laut genug, daß Maggie es hören konnte.

„Was war das denn?“ wollte sie genervt wissen. „Kann ich hier nicht mal ein Omelett bestellen, ohne mir von Ihnen eine sarkastische Bemerkung einzuhandeln?“

„Hört auf, euch zu streiten“, ging Bob dazwischen. „Ihr gehört jetzt dem selben Team an. Wer Streit anfängt, muß eine Viertelstunde auf die Strafbank.“ Er wandte sich an Ike: „Maggie ist der liebste Mensch, den man sich nur vorstellen kann. Aber sie konzentriert sich zu sehr auf das Äußere. Jetzt hat sie angefangen, sich stärker auf das Innere zu konzentrieren. Das ist auch der Grund, warum sie früher einige...“ – er hielt inne und suchte nach einem Wort, das treffend und doch nicht verletzend für Maggie war – „... sagen wir: Probleme hatte“, fuhr er schließlich fort, um sich dann wieder Maggie zuzuwenden: „Genau daran mußt du arbeiten, Baby: Konzentration. Konzentriere dich auf Maggie. Konzentriere dich auf Bob.“

Ike hatte Maggie während der ganzen Zeit, die sie nun schon hier waren, im Auge behalten. Die Art, wie sie sich verändert hatte, seit Bob bei ihnen war, erschreckte ihn. Wo war sich ihr Lachen geblieben? Ihre eben noch strahlenden Augen wirkten plötzlich matt wie ein beschlagener Spiegel.

„Wissen Sie, Ike“, dozierte Bob erneut über Maggies Kopf hinweg, „ich führe mit Maggie eine Visualisierungsübung durch. Haben Sie schon von dieser Technik gehört? Spitzensportler wenden sie an. Es geht darum, ein Rennen im Kopf zu laufen, bevor man an den Start geht; sich mit Formeln und Mantras auf den Erfolg zu programmieren.

Apropos." Er griff in seine Jackentasche und holte einen Zettel heraus. „Hier ist dein heutiges Mantra, Maggie."

Ike warf einen Blick auf das Papier, während es den Besitzer wechselte. „Es gibt keine Hindernisse auf dem Weg zu Big Bob!" stand da. Ike fragte sich, ob Bob noch richtig tickte; und warum Maggie sich diesen Schwachsinn einfach so gefallen ließ. Er jedenfalls hatte genug von dem Geschwätz. „Ich muß los", sagte er. „Ein Reporter hat immer zu tun. Bye-bye, ihr beiden. Wiedersehen, Mrs. Pressman!"

„Tootaloo", flötete Mrs. Pressman. Kopfschüttelnd verließ Ike das Lokal. Auf dem Rückweg zum Hotel mußte er immer wieder an die Maggie denken, die er im Brautladen gesehen hatte. War das vielleicht die eigentliche Maggie? Oder war es die, die er neben Bob gesehen hatte? Er wußte es nicht. Aber schlimmer noch war: Er hatte das Gefühl, daß auch Maggie es nicht wußte.

Als er in das Foyer des Hotels trat, rief ihn eine Stimme: „Mister Graham! Schön, Sie zu treffen." Ike wandte sich um. Es war Großmutter Julia. Sie saß mit einer anderen Dame, die wie sie die Achtzig schon längst überschritten hatte, in einer der Sitzgruppen, die durch große Farngewächse vom Rest des Foyers abgeteilt waren.

„Was machen Sie denn hier?" fragte Ike und ging auf die beiden zu.

„Meine Freundin Netta aus Boston wohnt für einige Zeit hier", erklärte sie. „Allerdings habe ich auch gehofft, Sie hier zu treffen. Setzen Sie sich doch ein wenig zu uns."

Ike nahm Platz. „Gibt es etwas, das ich für Sie tun kann?" fragte er.

„Nein", sagte Julia. „Aber ich wollte schon lange mit Ihnen reden, um Ihnen zu erklären, wie das mit Maggies

Hochzeiten wirklich war; ich meine, über die Gründe, warum sie den endgültigen Schritt nicht getan hat. Drei Hochzeiten ohne ein Jawort...“ Sie schüttelte an dieser Stelle den Kopf, sah Ike dann wieder an und sagte ernsthaft: „Sie können sich kaum vorstellen, wieviel Kuchen wir übrig hatten. Ich hätte bestimmt dreihundert Pfund gewogen, wenn ich all das aufgegessen hätte. Was Maggies Vater angeht, dem hat es wohl weniger ausgemacht, daß eine solche Menge Schnaps und Bier übrig geblieben ist.“

Ike konnte von seinem Platz durch das Hotelfenster den Eingang des Cafés sehen. Während Julia sprach, hatte er zu seiner Überraschung beobachtet, wie Maggie herauskam, irgendetwas aus ihrem Lieferwagen holte und dann in Richtung Hotel ging. Wenig später stand sie im Foyer, und als Julia eben ihren Satz beendet hatte, stand ihre Enkelin vor ihnen.

„Hi, Oma“, lächelte sie.

„Ihre Großmutter erzählt mir gerade die ganze Wahrheit darüber, warum Sie ständig vor dem ehelichen Glück Reißaus nehmen“, sagte Ike.

„Genau“, bestätigte Julia und wandte sich dann an ihre Freundin. „Netta, was ich jetzt sage, ist nichts für deine unschuldigen Ohren.“ Sie wartete, bis Netta sich die Ohren zuhielt. „Netta ist ledig. Sie hat nie etwas mit einem Mann gehabt und es ist ihr nicht zuzumuten, daß sie in ihrem hohen Alter mit Tatsachen konfrontiert wird, denen sie sich ihr ganzes Leben mit Erfolg verweigerte.“ Julia lehnte sich auf die Armlehne ihres Sessel und redete nun ganz vertraulich mit Ike. Die Anwesenheit ihrer Enkelin schien sie dabei nicht im geringsten zu stören. „Maggie hat nicht wirklich Angst vor der Hochzeit. Es ist die Hochzeitsnacht, die ihr Furcht einflößt. Unschuldige Mädchen sind im höchsten

Maße entsetzt vor dem Moment, in dem sie zum ersten Mal der ‚einäugigen Schlange' begegnen. Sie werden es vielleicht nicht glauben, aber in meiner Hochzeitsnacht hatte ich eine Stricknadel neben dem Bett liegen."

Ein kalter Schauder lief über Ikes Rücken, unwillkürlich preßte er die Oberschenkel zusammen. Er mußte einsehen, daß es im Leben eines Mannes weit mehr Gefahren gab als er sich jemals bewußt gemacht hatte.

„Weißt du, Großmutter", meinte Maggie da, „die einäugige Schlange hat schon vor geraumer Zeit meinen Weg gekreuzt."

Großmutter Julia vernahm es mit Überraschung. „Wirklich? Ja, mag sein, daß du mir davon erzählt hast. Ich kann mich nicht genau daran erinnern. Nur eins möchte ich noch sagen: Dein Großvater hat die Hochzeitsnacht bis zu seinem seligen Ende nicht vergessen." Sie stupste ihre Freundin Netta an:

„Du kannst die Hände wieder von Ohren nehmen. Die Gefahr ist vorüber."

„Kann ich Sie einen Augenblick allein sprechen?" wandte Maggie sich an Ike und zog ihn fort. „Ihr entschuldigt uns, nicht wahr?"

Ike verabschiedete sich mit einem freundlichen Lächeln von den beiden Damen und fand sich gleich darauf in der Nähe des Hoteleingangs wieder.

„Ich habe vor kurzem das hier gefunden und wußte nicht, ob es sich dabei um einen besonderen Fund handelt", meinte Maggie dann und zog eine alte Schallplatte aus ihrer Tasche.

Ike erkannte sofort, daß er ein musikalisches Kleinod vor sich hatte. „Das gibt's doch nicht!" rief er aufgeregt aus. „Das ist ‚Kind of Blue' von Miles Davis! In einer Originalaufnahme. Sowas ist schwer zu finden, zumindest in gutem Zustand. Wo haben Sie die her?“

„Lag bei uns auf dem Dachboden und verstaubte.“

„Die ist wertvoll. Passen Sie gut darauf auf.“

„Ich schenke sie Ihnen.“ Maggie drückte ihm die Platte in die Hand. Erst jetzt verstand Ike, worauf sie hinaus wollte. Zumindest hatte er einen Verdacht. „Verstehe“, brummte er. „Sie finden heraus, welchen Musikgeschmack ich habe und suchen mir irgendein Sammlerstück. Kann es sein, daß Sie mich irgendwie milde stimmen wollen?“

„Nein“, widersprach Maggie heftig. „Ich habe unseren Dachboden aufgeräumt, das ist alles. Glauben Sie, ich würde das Unmögliche versuchen?“

Sie wandte sich um und verließ das Hotel. Ike sah ihr nach, bis sie wieder im gegenüberliegenden „Hale’s Café“ verschwunden war. Hatte er sich vielleicht doch geirrt? Wollte sie einfach nur nett sein zu ihm? Irgendwie tat es ihm leid, daß er so mißtrauisch reagiert hatte.

Eigentlich hatte Maggie den Laden nicht so früh schließen wollen. Aber dann hatte das Telefon geklingelt, und alles war anders gekommen. Als Phil, der Barbesitzer sich meldete, wußte Maggie bereits Bescheid, was los war. Sie schloß also den Laden und fuhr hinüber zu Bar.

Am Eingang saß ein Betrunkener, der Unzusammenhängendes vor sich hinbrabbelte, während er seine blutunterlaufenen Augen auf sie richtete. Sein Hund paßte auf, daß ihm nichts passierte. Das Bild, das sich ihr im Innern des Lokals bot, verlor nichts von seiner Widerlichkeit, je öfter sie es sah; eher im Gegenteil. Walter hing über dem Tresen und murmelte vor sich hin.

„Er war schon ziemlich voll, als er reinkam“, entschuldigte sich Phil. „Wenn ich ihm nicht wenigstens zwei

Whisky gegeben hätte, hätte er randaliert. Du kennst ihn ja." Allerdings, dachte Maggie. Sie schämte sich für ihren Vater. Er gaukelte allen den witzigen, unbeschwerten Spaßmacher vor, aber in Wahrheit war steuerte er auf ein schlimmes Ende zu. Manchmal fragte sie sich, ob er das wußte; und wenn er es wußte, ob er es nicht sogar wollte.

„Na, komm schon", sagte Maggie. „Abmarsch!"

Walter blickte auf. Er brauchte eine Weile, bis er seine Tochter erkannte. „Was willst... du denn?" lallte er.

„Ich bringe dich nach Hause. Leg deinen Arm um meine Schultern."

„Laß mich...", widersetzte Walter sich, „ich will noch... bleiben... Seit du deinen... Führerschein hast, hatte ich... keinen richtigen... Spaß mehr..." Er mußte um jedes Wort kämpfen.

„Weißt du, Dad", versetzte Maggie spitz, „ich kann auch nicht behaupten, daß mir das hier Spaß macht. Also mach keine Schwierigkeiten und hilf mir."

Sie hatte es endlich geschafft, seinen Arm um ihre Schulter zu legen und ihn hochzustemmen. Langsam einen Fuß vor den anderen setzend, ging sie jetzt los.

„Bis später... Phil, du bist ein wahrer Freund...", rief Walter dem Barkeeper zu. „Maggie... wenn's um das Leben... anderer geht, hast du... alles im Griff... Nur in deinem eigenen... Leben... geht alles aus dem... Ruder..."

Maggie hatte den Bürgersteig erreicht, als Walter ihr zu entgleiten begann. Da sprang ihr plötzlich jemand zur Hilfe, den sie am allerwenigsten erwartet hätte: Ike. Er fing den Betrunkenen ab, ehe dieser sich auf dem Asphalt blaue Flecken holte. Maggie war erschrocken und erfreut zugleich. Ohne daß ein Wort gesprochen wurde, verfrachteten sie Walter in den Lieferwagen.

„Gott sei Dank“, seufzte Maggie erleichtert, als es geschafft war. Dann sah sie Ike an. „Eine Bitte... schreiben Sie nichts darüber...“

„Wofür halten Sie mich?“ versetzte Ike.

Ja, wofür? fragte sich Maggie. Vielleicht hatte sie ihn falsch eingeschätzt. Vielleicht begann er aber auch gerade, sich zu ändern.

„Sie können sich nicht vorstellen, wie satt ich all das habe“, sagte sie dann und wischte sich den Schweiß von der Stirn.

„Wieso lassen Sie ihn nicht im Wagen seinen Rausch ausschlafen?“ schlug Ike vor. „Und wir machen in der Zwischenzeit einen kleinen Ausflug. Das wird Sie auf andere Gedanken bringen. Später holen wir ihn dann ab. Was halten Sie davon?“

Maggie lächelte ihn an. Aber sie hatte sich noch nicht entschlossen. Sie spürte, daß sich zwischen ihnen eine Nähe aufbaute, die sie sich nicht wünschte. Sie durfte nie vergessen, wer dieser Mann war und was er getan hatte. Trotzdem: Er hatte ihr jetzt schon zum zweiten Mal in einer schwierigen Situation geholfen.

„Paß auf ihn auf“, sagte Ike unterdessen in Richtung des anderen Betrunkenen und seines Hundes. Der Betrunkene winkte jedoch ab: „Ich übernehme... für nichts... die Verantwortung... Hab selbst ganz schön... geladen...“

„Ich habe auch nicht dich, sondern deinen Hund gemeint“, versetzte Ike und wandte sich wieder an Maggie: „Wie sieht’s aus?“

„Also gut“, stimmte Maggie da, „ich hole mir nur noch meine Jacke aus dem Wagen.“

Der blaue Greyhound rollte in gemütlichem Tempo den Hügel hinab. Die Sonne näherte sich dem Horizont immer mehr und hauchte ein zartes Rosa an den westlichen Himmel. Ike und Maggie hatten es nicht eilig. Es war gerade diese Langsamkeit, die sie genossen.

„Sie wissen inzwischen eine ganze Menge über mich", sagte Maggie, „aber ich weiß nichts über Sie. Haben Sie immer in New York gelebt?"

„Allerdings", erwiderte Ike. „New York ist für mich ein ganz besonderer Ort. New York pulsiert, wenn Sie wissen, was ich meine. Es ist immer was los dort. Waren Sie schon einmal da?"

„Ja, ist noch gar nicht so lange her."

„Und?"

Sie zuckte die Schultern. „Zu viele Menschen. Zu laut. Die Luft zu stickig. – Sehen Sie, da drüben! Da ist es!"

„Was?" fragte Ike.

Ein breites Lächeln trat auf Maggies Gesicht. „Das Maisfeld, durch das ich geritten bin. Ich meine, der Mais von damals ist inzwischen natürlich längst abgeerntet. Aber es ist dieses Feld, und es ist wieder mit Mais bebaut."

„Sie planen doch nicht etwa Ihre Fluchtroute?" Maggie warf ihm einen bösen Blick zu und verpaßte ihm obendrein einen Hieb in die Seite. „Schon gut", rief er aus, „das war nur ein Witz!"

Nach einer Minute des Schweigens setzte Maggie erneut an: „Sie wollten von sich erzählen, Ike."

„Eigentlich gibt es da nicht viel zu erzählen. Mein Vater hatte ein Hutgeschäft und zwei Frauen. Als er merkte, daß ich mit Worten umgehen konnte, dachte er gleich, ich würde ein großer Schriftsteller werden, ein zweiter John Steinbeck oder William Faulkner oder sowas."

„Und Sie? Wollten Sie auch Romane schreiben?"

„Ich weiß nicht. Ich denke, wenn es mir wirklich wichtig gewesen wäre, hätte ich es getan. Meine Mutter wollte, daß ich Musiker werde. Zumindest bin ich Journalist geworden, und das erste, was ich in meiner Ausbildung gelernt habe, war: Journalismus ist Literatur in Eile. Ich erinnere mich noch gut an diesen Spruch, er hing im Büro unseres Chefredakteurs."

„Sieht so aus als würde es gleich dunkel", meinte Maggie nach einer Weile.

„Sagen Sie bloß, Sie fürchten sich im Dunkeln."

Maggie schüttelte den Kopf. Nein, vor dem Dunkeln fürchtete sie sich nicht. Aber sie fürchtete sich davor, mit einem Mann, den sie von Tag zu Tag attraktiver fand, alleine unterwegs zu sein; sie fürchtete sich vor dieser merkwürdigen Stimmung, die in ihr aufkam. Und sie wußte, daß Ike ganz genauso empfand. Da wurde sie mit einem Mal ganz ruhig und sah aus dem Fenster, wo der letzte Rest des Tages verglomm wie eine abgebrannte Kerze. Auch Ike hing für eine Weile seinen Gedanken nach.

Ein ohrenbetäubender Knall schreckte die beiden auf. Was war passiert? Da knallte es schon wieder. Es kam eindeutig aus dem Motorraum. Schlagartig verlor der Motor an Leistung, wurde schwächer und schwächer, bis er schließlich ganz den Geist aufgab. Ike ließ den Wagen auf dem Bankett ausrollen. Unter der Motorhaube quollen dicke Rauchschwaden hervor und stiegen in den Nachthimmel. „Was war das?" fragte Ike und sah Maggie ratlos an.

Statt zu antworten, stieg sie aus und öffnete die Motorhaube. Beißender Rauch kam ihr entgegen. Ike holte eine Taschenlampe aus dem Kofferraum und stellte sich neben sie. Nachdem der Rauch sich verzogen hatte, sah

Maggie sich im Motorraum um. „Einer der Filter könnte verstopft sein“, mutmaßte sie.

„Können Sie das reparieren?“

„Haben Sie Werkzeug?“

Ike schüttelte den Kopf. Maggie ließ die Motorhaube zufallen. Ohne Werkzeug konnte auch sie nichts machen.

„Ziemlich einsam hier“, bemerkte Ike.

„Ja“, erwiderte Maggie und räusperte sich. „Irgendwie ganz nett. Unter anderen Umständen...“

Schweigend standen sie da. Sie fühlten sich zunehmend unwohl in dieser Situation. Eine Möglichkeit lag in der Luft, es war ihnen beiden bewußt, doch gleichzeitig spürten sie, daß es nicht der richtige Weg war. Deshalb wurde diese Stille, die nur erfüllt war vom Zirpen der Grillen, immer unangenehmer.

„Wenn es etwas gibt, das wir New Yorker können“, sagte Ike schließlich, „dann ist es, ein Taxi anzuhalten.“

„Sehen Sie hier irgendwo ein Taxi?“ fragte Maggie.

„Nein. Wenn es kein Taxi und auch sonst kein Verkehrsmittel gibt, dann tun wir New Yorker das einzige, was in dieser Situation vernünftig ist: Wir gehen zu Fuß.“

Ike trabte los, Maggie folgte ihm. Sie waren noch nicht lange unterwegs, da fielen ihr in einiger Entfernung Lichter auf, die allerdings nicht an der Straße lagen. „Da drüben ist eine Tankstelle“, machte sie auch Ike darauf aufmerksam. „Die haben bestimmt Werkzeug. Wenn es etwas gibt, das wir Mädchen vom Lande können, dann ist es, querfeldein zu laufen. Das ist viel schneller.“

Während Ike noch dastand und nach dem entfernten Licht Ausschau hielt, sprang Maggie beherzt ins Maisfeld. Im Nu war sie zwischen den fast mannshohen Maisstengeln verschwunden. „Warten Sie!“ rief Ike.

„Seien Sie vorsichtig“, warnte ihn Maggie, „hier gibt es Schlangen.“

„Schlangen?“ rief Ike entsetzt. „Ist das Ihr Ernst? Ich hasse Schlangen. Ich bin noch nie einer Schlange begegnet, und ich möchte, daß das auch so bleibt.“ Mit großen Schritten sprang er an Maggies Seite und hielt sich von da an dicht hinter ihr.

Schweigend bahnten sie sich einen Weg. Das Licht der Taschenlampe irrte durch den Wald der Maisstengel und verlor sich in diesem Dickicht. Nach einer Weile fragte Maggie völlig unvermittelt: „Glauben Sie, es gibt für jeden von uns nur einen einzigen Menschen, zu dem man paßt und mit dem man glücklich werden kann?“

Ike überlegte. „Nein“, sagte er schließlich. „Aber ich denke, daß nicht unbedingt derjenige der Richtige sein muß, zu dem man sich hingezogen fühlt. Anziehung kann einen ganz schön in die Irre führen. Und wenn die Anziehung auch noch gegenseitig ist, dann... ja, dann wird es richtig kompliziert.“

„Da haben Sie recht. Anziehung bedeutet gar nichts. – Sehen Sie, da vorne ist das Feld zu Ende.“

„Na, endlich. Ich dachte schon, das hört nie auf.“

Das Feld wurde von einem Zaun begrenzt. Als wäre es das Selbstverständlichste von der Welt, faßte Maggie Ike an den Schultern, um sich beim Klettern über den Zaun bei ihm abzustützen, während er sie an der Hüfte festhielt, um ihr hinüberzuhelfen. Erstaunt sah Maggie ihn an. Sie wußte im ersten Moment nicht, wie sie diese Berührung deuten sollte. Wie erstarrt standen sie da und sahen sich an.

Ike schluckte. Dem Drang, sie an sich zu ziehen und zu küssen, war nur schwer zu widerstehen. Er mußte sich mit aller Kraft klar machen, daß sie eine Frau war, die schon bald heiraten würde. Zumindest hatte sie das wieder einmal vor.

Schließlich machte Maggie eine kleine, aber deutliche Bewegung nach hinten, und beinahe gleichzeitig nahmen beide ihre Hände voneinander. „Scheinbar habe ich für einen Moment vergessen, wie man über einen Zaun klettert“, sagte sie, verlegen lächelnd.

Wieder sahen sie sich einen Moment lang schweigend an. Sie hatten völlig vergessen, warum sie überhaupt hier waren, so sehr waren sie in dieser Situation gefangen. Dann fiel es ihnen wieder ein. „Werkzeug“, sagten sie gleichzeitig und lachten.

Eilig kletterten sie über den Zaun. Gleich dahinter befand sich die Tankstelle. Maggie kannte den alten Kauz, der sie führte. „Können wir uns bei dir Werkzeug borgen, Lionel?“ fragte sie.

Lionel grinste und kratzte sich am Kopf. „Bist du wieder bei einer Hochzeit ausgerissen?“ wollte er wissen.

„Du scheinst hier in der Gegend ziemlich bekannt zu sein“, bemerkte Ike.

Dann brachte Lionel die beiden in seine Werkstatt.

10

Nach einer Reihe schöner Tage waren während der Nacht schwere Wolken über New York aufgezogen und hatten ihre auf dem Meer geladene Fracht über der Stadt gelöscht. Als Fisher an diesem Morgen erwachte, hörte er, wie die Regentropfen hinter den geschlossenen Vorhängen ans Fenster klopften.

Ellie schlief noch. Er streichelte ihre Wange und gab ihr einen zärtlichen Kuß. „Aufstehen, mein Schatz“, sagte er. Sie blinzelte ihn aus ihren verschlafenen Augen an. Fisher liebte diesen Anblick, wenn sie morgens so zerzaust neben ihm lag. Dann war sie einfach nur Ellie. Sobald sie sich frisiert, geschminkt und angezogen hatte, war sie Ellie, die Chefredakteurin.

„Ich mache uns Frühstück“, sagte er, küßte sie auf die Nasenspitze und stand auf. Als er das Schlafzimmer verließ, hörte er nur noch ihr gemurmeltes: „Du bist ein Schatz!“

Im Gegensatz zu Ellie, die eine ziemlich miserable Köchin war, war Fisher in der Küche zu Hause. Er liebte ausgewähltes Essen und kochte auch selber gerne. Pfeifend stellte er zwei Pfannen auf den Herd, um Rühreier zu machen und Speck zu braten. Da klingelte das Telefon. Ike war am Apparat.

„So eine Überraschung!“ rief Fisher aus. „Lange nichts gehört von dir, alter Junge. Hab mir schon richtig Sorgen gemacht. Wie läuft's denn so?“

„Bin zufrieden“, kam es aus dem Hörer. „Ich sehe mir gerade wieder das Video mit Maggies drei Hochzeiten an. Irgendwie komme ich nicht so richtig dahinter, was mit dieser Frau los ist.“

„Wenn du mich fragst", meinte Fisher, wobei er den Speck in der Pfanne wendete, „dann läuft sie deshalb weg, um Aufmerksamkeit zu erregen. Vielleicht hat sie einen Minderwertigkeitskomplex. Auch negative Aufmerksamkeit ist Aufmerksamkeit und deshalb besser als nichts. Es ist ähnlich wie bei dir, wenn die Frauen dich auf offener Straße anpöbeln und dir die Zeitung auf den Kopf schlagen, weil du in deiner Kolumne wieder ganz besonders sexistisch warst; das ist negative Aufmerksamkeit."

„Es geht hier um Maggie Carpenter und nicht um mich. Hast du eigentlich die sechshundertfünfzig Dollar, die ich ihr gezahlt habe, erstattet bekommen?"

„Nein. Keine Sorge, ich komme dafür auf. Glaubst du, sie wird wieder davonrennen?"

Ike ließ sich mit der Antwort lange Zeit. Fisher dachte schon, die Verbindung sei unterbrochen worden. Dann kam doch noch eine Antwort: „Ich weiß es nicht. Manchmal bin ich mir sicher, daß sie weglaufen wird. Dann habe ich wieder das Gefühl, daß sie es diesmal durchzieht. Wir werden sehen. – Hör zu, Fish. Ich komme heute nach New York. Was hältst du von einem Treffen? Dann kann ich dir alles weitere erzählen."

„Du kommst nach New York? Das sind ja richtig gute Nachrichten. Natürlich sehen wir uns. Komm doch einfach zum Abendessen vorbei." „Mach ich gerne. Bis dann!"

„Bis dann. Ich bin schon richtig gespannt."

Als Fisher sich umdrehte, bemerkte er, daß Ellie in der Tür stand. Sie hatte offenbar das ganze Gespräch mitgehört. Ihr Gesichtsausdruck verriet nicht eben Begeisterung.

„Wieso könnt ihr das Mädchen nicht einfach in Ruhe lassen?" sagte sie. „Reicht es nicht, daß Ike sie bereits einmal zum Gespött der Nation gemacht hat?"

„Diesmal wird es die wahre Geschichte", verteidigte sich Fisher. „Das wird ein Knüller, du wirst sehen. Und du weißt das auch, schließlich bist du lange genug in diesem Geschäft. Du wirst dich noch schwarz ärgern, daß du dir diese Story für ‚USA Today' durch die Lappen gehen lassen hast."

Kopfschüttelnd verschwand Ellie ins Bad.

Ike hatte sich darauf gefreut, in *seine* Stadt zurückzukehren. Als er den Holland-Tunnel, der unter dem Hudson River hindurchführte, durchquert hatte und damit wieder den Boden Manhattans unter seinen Reifen hatte, erfüllte ihn ein Gefühl tiefer innerer Zufriedenheit. Warum mußte er trotzdem ständig an dieses Kaff in Maryland denken? Was war plötzlich los? Konnte es sein, daß er das beschauliche, kleine Hale vermißte?

Nachdem er in seiner Wohnung nach dem Rechten gesehen, den Anrufbeantworter abgehört und ein paar Telefonate geführt hatte, zog es Ike hinaus auf die Straße. New Yorker Luft zu atmen tat richtig gut. Er schlang eine Pizza hinunter und bekam Lust, sie mit einem Drink hinunterzuspülen. Zum Glück war das „Kevin's" nicht weit.

„Hallo, Ike", grüßte Kevin hinter der Theke hervor, „lange nicht gesehen."

„War 'ne Weile nicht in der Stadt", erwiderte Ike. „Aber es ist gut, wieder hier zu sein."

Kevin gab Ike einen Wink, den dieser zunächst nicht verstand. Was hatte er mit diesem Kerl zu tun, der einsam am Tresen hockte und an seinem Drink nuckelte? Erst beim zweiten Hinsehen fiel ihm auf, daß er ihn schon mal gesehen hatte. Natürlich! Auf Maggies Hochzeitsvideo!

Und er war es ja auch gewesen, der ihm die Geschichte von der „Braut, die sich nicht traut“ überhaupt geliefert hatte.

Ike setzte sich auf den Barhocker neben George Swilling. „Dieser Mann braucht einen starken Drink“, sagte Ike zu Kevin. „Mix ihm doch einen ‚Kamikaze‘. Und ich nehm’ wie immer einen Scotch ohne alles.“

George hatte Ike längst erkannt. „Saubere Arbeit, die Sie da abgeliefert haben“, sagte er. „Sie haben Maggie Carpenter nach allen Regeln der Kunst auseinandergenommen.“

„Sie hätten mir sagen können, daß Sie ihr dritter Heiratskandidat waren“, erwiderte Ike.

George lachte bitter. „Denken Sie, ich hatte Lust, meinen Namen ebenfalls in der Zeitung zu lesen?“ sagte er. „Die Demütigung durch Maggie reicht mir bis zu meinem seligen Ende. Es tut mir nur leid, daß Sie wegen dieser Sache Ihren Job verloren haben.“

„Tut gut, das zu hören“, meinte Ike sarkastisch.

„Maggie ist ein einziger Haufen von Widersprüchlichkeiten.“

„Tja, ich schreibe zur Zeit einen zweiten Artikel über diesen Haufen von Widersprüchlichkeiten.“

George wandte überrascht den Kopf und sah Ike an. Nach einer Weile trat ein eigenartiges Lächeln auf sein Gesicht. „Verstehe“, sagte er, „Sie kommen nicht mehr von ihr los. So wie die Motte vom Licht.“

„Ich nehme an, Sie wissen darüber mehr als ich. Sie sind doch Insektenforscher, nicht wahr? Wie gehen die Geschäfte denn?“

George nahm einen Schluck von seinem Drink. „Nicht schlecht. Wissen Sie, ich war gerade auf einer Studienreise, um die Gesetzmäßigkeiten der Fortpflanzung und Wanderung von Heuschrecken zu untersuchen, als ich Maggie kennenlernte."

„Verstehe. Ihnen liegt daran, die Welt zu ernähren, indem Sie die Heuschrecken ausschalten."

„Nicht die ganze Welt. Nur Afrika und China."

Ike konnte sich ein Grinsen nicht verkneifen. Den Retter der Welt hatte er zwar nicht neben sich, aber doch zumindest den Retter von Afrika und China. Immerhin. Ich mag Menschen mit realistischen Zielen, dachte er.

George wurde offensichtlich gerade wieder von der Erinnerung an Maggie überwältigt, denn er sagte mit gerührter Stimme: „Maggie war etwas ganz Besonderes für mich, und irgendwie ist sie das auch heute noch, obwohl ich sie im Grunde hasse. Vielleicht verstehen Sie das erst, wenn ich Ihnen sage, daß ich weder vor noch nach ihr jemals eine Frau getroffen habe, die sich traute, meine Tarantula in die Hand zu nehmen. Und das bei unserer ersten Verabredung."

Ike begriff, daß jeder Mann, der eine solche Frau sausen ließ, ein kompletter Idiot sein mußte. Er verkniff sich ein Lachen und fragte statt dessen: „Warum, denken Sie, ist Maggie bei Ihrer Hochzeit davongelaufen?"

George wandte den Kopf und sah Ike überrascht an. „Sie haben es doch in Ihrem Artikel geschrieben", meinte er dann. „Wie haben Sie sie noch genannt? Ein ‚männerfressendes Weib'. Genau das ist sie."

„Mag sein, daß ich das geschrieben habe. Aber inzwischen glaube ich nicht mehr, daß sie das ist."

„So? Was glauben Sie denn jetzt?" Nachdem Ike einen Schluck von seinem Drink genommen hatte, meinte er: „Ich weiß es nicht. Aber es beschäftigt mich. Ich weiß nur, daß meine bisherige Theorie nicht stimmt."

„Soll das heißen, Sie verteidigen sie?“ fuhr George auf.

„Nein. Aber es wird Zeit, Maggie Carpenter als das darzustellen, was sie ist. Ich bin Journalist. Meine Aufgabe ist es, die Wahrheit zu sagen.“

George nickte verstehend und zugleich enttäuscht. „Nicht zu fassen. Sie sind ihr auch auf den Leim gegangen.“

„Ich bitte Sie!“ verteidigte sich Ike.

„Willkommen im Club. – Barkeeper! Bringen Sie diesem Mann auch einen ‚Kamikaze‘. Er braucht ihn dringender als ich.“

George rutschte von seinem Barhocker und ging Richtung Ausgang. Da sprang auch Ike auf. „Damit das ein für allemal klar ist“, rief er ihm hinterher. „Ich schreibe einen Artikel. Ich werde bezahlt dafür. Der Artikel wird veröffentlicht, und er wird eine Titelgeschichte werden. Irgendwann wird jeder die Tatsachen lesen können, so wie sie wirklich waren.“

George blieb am Ausgang stehen und wandte sich um. Er hatte nur ein mitleidiges Lächeln für Ike übrig. Der indes schritt auf George zu, zog sein Diktiergerät aus der Tasche und schaltete es ein. „Eine Frage“, sagte er. „Wie hat Maggie ihre Eier gegessen?“

Zuerst sah George Ike verwirrt an. Dann antwortete er: „Sie aß pochierte Eier, genau wie ich.“ Damit ließ er Ike stehen. Zufrieden kehrte der zu seinem Drink zurück.

Fisher und Ellie waren beide spät nach Hause gekommen. Deshalb hatte Fisher nicht mehr selbst gekocht, sondern einfach ein Menü für drei Personen von einem chinesischen Restaurant liefern lassen. Was die Story über Maggie Carpenter betraf, hielt Fisher sich während des Essens zurück. Er wußte, wie Ellie darüber dachte.

Nach dem Essen bat sie Ike, ein wenig auf dem Klavier zu spielen. Ike lächelte sie an. Er erinnerte sich, wie gerne sie es gehabt hatte, wenn er vorspielte. Fisher ging in die Küche, um Bier zu holen. Ellie trat hinter Ike und legte ihm ihre Hände auf die Schultern. „Du hast oft gespielt, nachdem wir miteinander geschlafen hatten“, sagte sie.

Ike lächelte. „Ich hab damals schon nicht mehr geraucht“, sagte er.

Fisher kam mit zwei Dosen Bier herein. Als er die beiden so dastehen sah, fragte er scherzhaft: „Hab ich was verpaßt.“

„Keineswegs“, versetzte Ellie und trat ein paar Schritte beiseite.

„Ist das nicht herrlich?“ sagte Fisher unterdessen und stellte Ike eine Dose auf das Klavier. „In einem Luxus-apartment wohnen, aber sich das Essen vom Chinesen um die Ecke kommen lassen und anschließend billiges Bier aus der Dose trinken. Das ist New Yorker Leben pur.“

„Wie kommst du eigentlich mit deiner Recherche voran, Ike?“ fragte Ellie da. Fisher war erstaunt, daß ausgerechnet sie das Gespräch auf dieses Thema brachte. „Ist Maggie Carpenter wirklich dieses männerverschlingende Monster?“

„Oder ist sie in Wahrheit Vegetarierin“, warf Fischer kichernd ein.

„Oder greift sie einfach immer nach NJAs: ‚Netter Junge, aber...‘ Netter Junge, aber leider kann er nicht tanzen; netter Junge, aber leider lebt er noch bei seiner Mutter; netter Junge, aber leider kommt er gerade aus dem Gefängnis.“

Ike stand vom Klavier auf und nahm die Bierdose in die Hand. „Ganz und gar nicht“, sagte er. „Es sind interessante

Männer. Jeder von ihnen hat was für sich. Einer von ihnen war schon zweimal auf dem Mount Everest. Der andere wurde Priester. Einer ist ein verdammt guter Gitarrist. Und der, den ich heute in der Bar wiedergetroffen hat, will nichts weniger als den Hunger auf der Welt besiegen. Könnt ihr euch das vorstellen?"

„Nicht zu fassen", fiel Fisher grinsend ein. „Ich hoffe trotzdem, du nimmst dir weiterhin mich zum Vorbild."

„Laß ihn weiterreden", wies Ellie ihren Mann zurecht. Ihr war es ernst. Deshalb empfand sie Fishers Witzeleien jetzt als störend.

Ike setzte sich auf die Ledercouch und fuhr fort: „Es ist eben so, daß keiner von diesen Männern weiß, wer Maggie ist. Jeder von ihnen war überzeugt, daß sie vollkommen zu ihm paßte. Dabei haben sie Maggie selbst ganz übersehen. Aber das ist noch nicht alles. Sie selbst hat sich auch nie gezeigt. Die Männer konnten sie überhaupt nicht sehen. Es ist ganz eigenartig. Sie verwandelt sich stets in das, was die Männer in ihr sehen wollen."

Als Fisher das hörte, stellten sich ihm die Nackenhaare auf. Was war denn mit Ike plötzlich los? Wo war der Mann, dem kaum ein Klischee über Frauen zu einfach gestrickt war? Der es genoß, wenn ihm eine empörte Frau auf offener Straße eine Zeitung über den Kopf schlug, weil er wußte, daß das Gift seiner Kolumnen gewirkt hatte?

„Sieht so aus, als würde unser lieber Ike plötzlich sensibel", sagte er schockiert; „ich kann gar nicht zusehen. Ich geh lieber in die Küche und mach uns eine frische Kanne Tee."

„Vergiß die Glückskekse nicht!" rief Ellie ihm hinterher.

Da klingelte das Telefon. Ellie hob ab. Doch sie ließ Ike keine Sekunde aus den Augen. Ike ging unterdessen wieder ans Klavier. Er schlug ein paar Akkorde an. Ellie würgte das Telefonat bei der ersten Gelegenheit ab und setzte sich neben Ike auf den Hocker.

„War das der Grund, warum wir scheiterten?“ fragte er unvermittelt. „Habe ich dich einfach nicht gesehen? Dich nicht beachtet?“

Ellie nickte. „Du hattest immer nur Augen für dich.“

Ike atmete schwer. Dann nahm er sie in den Arm. „Es tut mir leid“, sagte er schließlich mit bewegter Stimme. „Es tut mir unendlich leid.“

„Mir tut’s auch leid“, entgegnete sie und sah ihm tief in die Augen. „Kaum zu glauben. Wir brauchten nur zwölf Jahre, um uns das zu sagen.“ Sie wischte hastig eine Träne ab.

11

Das Ehepaar Trout hatte im Verbund mit einer Reihe helfender Hände den ganzen Tag geschleppt, gehämmert und gepinselt, Girlanden gebunden und Tücher aufgehängt, um die Scheune im Garten der Trouts bis zum Abend in ein hawaiisches Strandidyll zu verwandeln. Die Wände waren mit Bast und buntem Stoff verkleidet, bunte Lichterketten und Lampions hingen an der Decke, Palmen aus Plastik sollten ein Ambiente erzeugen, das so echt wie möglich wirkte. Ein Band spielte hawaiische Musik, zu der sich zwei gemietete Hula-Tänzerinnen das Becken verrenkten.

Betty hatte all ihre Bekannten eingeladen, zur Luau zu kommen. Da Betty aber so ziemlich ganz Hale kannte, war die Scheune schon bald brechend voll. Einzige Bedingung für das Erscheinen war, daß die Garderobe ganz zum Thema des Abends passen mußte. Die Gäste waren auch bereits in Feierlaune, als die Musik verstummte und Lou und Betty Trout ans Mikrophon traten, um die Luau offiziell zu eröffnen.

„Willkommen zu unserer Luau!“ rief Lou Trout und breitete die Arme aus. „Es freut uns, daß so viele unserer Freunde erschienen sind. Wie ihr alle wißt, haben Betty und ich dieses Fest aus Hawaii mitgebracht, wo wir unsere Hochzeit gefeiert haben.“

Nach ihrem Mann ergriff nun Betty das Wort. „In diesem Jahr feiern wir das Fest zu Ehren von zwei jungen Leuten aus Hale, die bald in den Hafen der Ehe einlaufen werden. Es sind der König und die Königin von Hawaii, Maggie und Bob!“

Unter großem Applaus traten die beiden herein. Bob trug ein buntes Hawaiihemd und eine kurze Hose. Sein Gesicht strahlte vor Freude und stolz. Maggie hatte ihre Haare hochgesteckt und mit einem kunstvollen Blumenschmuck verziert. Dazu trug sie ein schulterfreies vielfarbiges Kleid. Doch von der Fröhlichkeit ihres Aufzuges war in ihrem Gesicht keine Spur zu sehen. Immer wieder suchten ihre Augen durch die Menge, offenbar ohne fündig zu werden.

„Los, König, führe deine Königin zum Tanz!" forderte Betty Bob unter dem Beifall der Gäste auf.

Die Musiker stimmten „Aloha Oe" an, Bob faßte Maggie an der Hand und zog sie zur Tanzfläche. „Was ist denn mit dir?" fragte er nach den ersten Schritten, „macht es dir keinen Spaß?"

„Doch", entgegnete Maggie und lächelte.

„Du wirkst irgendwie, als wärst du nicht so recht bei der Sache."

„Unsinn. Ich bin glücklich."

„Jetzt dürfen alle tanzen!" erklang Betty Trouts Stimme. Im Nu füllte sich die Tanzfläche.

Schon seit Wochen hatte sich Maggie auf die Luau gefreut. Was war jetzt nur mit ihr los? Sie hatte ein merkwürdiges Kribbeln im Bauch. Unentwegt mußte sie an Ike denken. Wo steckte er nur? Ob er womöglich gar nicht kam? Maggie Carpenter, rief sie sich selbst zur Ordnung; du bist hier, um dich zu amüsieren. Wieso kannst du nicht ruhig werden, ehe sein Gesicht hier auftaucht? Noch vor kurzem hättest du jedem tausend Dollar gezahlt, der dafür sorgte, daß Ike von diesem Fest fernblieb.

Bob und Maggie hatten die Tanzfläche eben verlassen, um einen Drink zu nehmen. Es kam nicht dazu, denn Betty

Trout stellte sich ihnen in den Weg. Sie war mit einem Fotoapparat bewaffnet. „He, ihr beiden!“ rief sie. „Stehen bleiben oder ich schieße! Zeit für ein paar Fotos!“

Kaum hatte sie damit angefangen, strömten alle herbei, um auch ein Bild mit den beiden zu machen. Cory wollte mit Bob auf einem Foto verewigt sein, Cindy stellte sich neben Maggie. Mrs. Pressman konnte da natürlich auch nicht zurückstehen und wollte ebenfalls eine Trophäe für ihr Fotoalbum ergattern. Bob nahm die Sache ziemlich gelassen, während Maggie schon bald genervt davon war. Betty merkte das wohl, aber sie kannte keine Gnade. „Tja, meine Liebe“, lachte Betty, „ihr seid hier eben die Hauptattraktion!“ Dann drückte sie ab.

Endlich wurden Maggies Gebete erhört. Betty hatte alle Filme verknipst, sie mußte ins Haus, um Nachschub zu holen. Das verschaffte Bob endlich die Gelegenheit, ihnen einen Drink zu besorgen. „Was willst du?“ fragte er Maggie.

„Dasselbe wie du“, antwortete sie.

„Lächeln, Königin von Hawaii!“ sagte da Peggy und kam an Maggies Seite. Peggy sah atemberaubend aus mit ihrem Gesteck aus Blumen und Früchten im Haar. „Diese Party findet dir und Bob zu Ehren statt, da kannst du kein solches Gesicht machen“, ermahnte sie ihre Freundin. „Hör endlich auf, an diesen Reporter zu denken.“

Maggie erschrak. Woher wußte Peggy das? War es wirklich schon so offensichtlich? „Weiß du“, sagte sie dann, „ich hab ihn schon seit zwei Tagen nicht mehr gesehen. Das macht mich irgendwie nervös. Wer weiß, was er wieder ausheckt. Ich fühle mich jedenfalls besser, wenn ich weiß, wo er steckt.“

Peggy sah nicht so aus, als ob sie das überzeugt hätte. „Dann wird es dir ja gleich besser gehen“, sagte sie da und wies auf den Eingang der Scheune.

Tatsächlich hellte Maggies Miene sich schlagartig auf, als sie Ike hereinkommen sah. Das hieß aber nicht, daß sie nun ruhiger geworden wäre. Das Gegenteil war der Fall. Nun, da er da war, wünschte Maggie ihn plötzlich ganz weit fort. Auf keinen Fall durfte er bemerken, wie aufgewühlt sie war.

Ike hatte offensichtlich alle Mühe gehabt, dem Motto des Abends gerecht zu werden. Er hatte sich lediglich ein mit tropischen Farben und Motiven gemustertes Tuch umgebunden. Mit altbekannter Herzlichkeit grüßte er ihm bekannte Gäste.

Maggie hielt es nicht mehr aus. Sie konnte nicht länger herumstehen, sie mußte etwas tun. „Was hast du vor?“ fragte Peggy.

„Was schon?“ erwiderte sie. „Ich tanze mit Bob. Schließlich sind wir beide verlobt. Und das ist unsere Party.“

Maggie krallte sich Bob, der an der Bar stand und auf die Drinks wartete.

„Tanzen“, sagte sie nur. Da lief ihnen auch schon Ike über den Weg. Ein kurzes Lächeln, dann waren sie weg. Bob indes war sich nicht sicher, ob das, was Maggie wenig später mit ihm aufführte, wirklich etwas mit Tanzen zu tun hatte. Wie sie sich an ihn schlang und dabei ihren Körper bewegte, brachte sein Blut ganz schön zum Kochen. Bob verstand die Welt nicht mehr. „Was ist denn jetzt auf einmal in dich gefahren?“ fragte er. Eben noch ein Eisblock, hatte sie sich jetzt in einen Vulkan verwandelt.

„Liebst du mich, Bob?“ wollte Maggie wissen.

„Natürlich, Baby.“

Ike lehnte an der Bar, die von Lou Trout verwaltet wurde. „Was darf's sein?" fragte er.

„Egal", erwiderte Ike, „irgendwas. Solange keines dieser Spielzeuge drinschwimmt." Den Drink in der Hand und ein Lächeln auf den Lippen beobachtete er Maggies und Bobs erotischen Tanz, wobei das Erotische auf Maggies Seite zweifellos einen größeren Anteil hatte.

Mrs. Trout ergriff das Mikrophon und verkündete den Beginn des Hula-Wettbewerbes. Die Bewerber kamen auf die Bühne. Unter ihnen war Maggies Vater, Mrs. Pressman und Peggy. Die Band begann zu spielen, unter den Anfeuerungsrufen der Umstehenden begann der Wettbewerb. Walter hatte schon das eine oder andere Gläschen getrunken, in Vorbereitung auf den Wettbewerb, wie er sagte, um die Muskeln zu lockern und die Gelenke zu schmieren. Das brachte ihm immerhin einen Ehrenpreis ein. Mit Peggys Gelenkigkeit konnte er allerdings nicht mithalten, weshalb sie völlig verdient als die Hula-Tänzerin des Abends gekürt wurde.

Amüsiert sah Ike dem bunten Treiben zu. Er spürte, daß er ein Außenseiter war, aber er fühlte sich in dieser Rolle durchaus wohl. Ein Lächeln lief über sein Gesicht, als er Großmutter Julia bemerkte, die ein wenig abseits saß, aber in einer Mischung aus Schrecken und Faszination beobachtete, wie Bob, Cindy und einige andere Limbo tanzten.

Ike sah, daß Maggie ein wenig abseits stand und die Szene ebenfalls beobachtete. Ohne daß sie es merkte, näherte er sich.

„Aloha", sagte er schließlich. „Sie tragen wirklich einen bezaubernden Haarschmuck." Er lehnte sich vor und sog den Duft der Blumen in ihren Haaren ein. Maggie tat so als bemerke sie das nicht.

„Wo haben Sie denn die ganze Zeit gesteckt?“ fragte sie.
Ike lächelte. „Sie haben mich wohl vermißt, was?“
Maggie schwieg.

Die Stimmung näherte sich unaufhörlich dem Siedepunkt. Unter den Gästen gab es nur noch wenige, denen der Alkohol noch nicht zusetzte. Walter zupfte Betty Trout am Kleid und flüsterte ihr etwas ins Ohr. Sie nickte und wandte sich an die Gäste: „Ruhe! Hört mal alle her! Walter möchte etwas sagen! Hört genau hin, er lallt nämlich schon ein wenig.“

Ruhe kehrte ein. Walter brauchte eine Weile, bis er aufgestanden und sein Gleichgewicht gefunden hatte. Dann rief er: „Es ist eine schöne Tradition dieses Festes geworden, daß auch eine Reihe von Trinksprüchen ausgebracht werden. Ich denke, es ist an der Zeit, dies zu tun, solange unsere Zungen uns noch einigermaßen gehorchen.“ Gelächter folgte. „Den ersten Toast soll unser Barkeeper Lou Trout ausbringen!“

Alle Blicke wandten sich Lou zu. Er sah Maggie und Bob an, hob sein Glas und sagte: „Möge das Herz des Bräutigams gefüllt sein mit Hoffnung; mögen die Beine der Braut gefüllt sein mit Blei!“ Lautes Gelächter brandete auf. Aber keiner lachte so laut wie Walter.

„Trinken wir darauf, daß das Trippeln kleiner Füße nicht das von Maggie ist!“ rief Mrs. Trout.

„Mögen die Geschenke mit Rückgaberecht sein!“ rief Mrs. Pressman.

„Mögen das Brautkleid von hinten so schön wie von vorne sein!“ rief Cory.

Jedem der Trinksprüche folgte lautes Gelächter. Vor allem Walter schien völlig entfesselt zu sein. Er schüttete sich aus vor Lachen, rang dabei nach Luft und wischte sich die tränennassen Augen ab.

Ike beobachtete Maggie die ganze Zeit über. Er kam aus dem Staunen nicht heraus. Nach jedem Spruch lachte und trank sie mit, ebenso Bob, der seine Sportlichkeit zur Schau stellen wollte, indem er es niemandem übel nahm, die Frau, die er liebte, zu verspotten.

„Jetzt bin ich dran", sagte Walter schließlich. „Ihr kennt ja alle die alte Redensart: Bei einer Hochzeit verliert man keine Tochter... Nun, ich würde meine Tochter allmählich ganz gerne verlieren." Er erntete lautes Gelächter für seinen Witz. Es war noch kaum verebbt, als er fortfuhr: „Meine Maggie ist vielleicht nicht der längste running gag in Hale, aber sie ist bestimmt der schnellste."

Ikes Blicke waren noch immer fest auf Maggie gerichtet. Er sah, wie ihre Maske aus Fröhlichkeit für kurze Zeit einen Riß zeigte. Dieser Witz auf ihre Kosten hatte wohl doch zu wehgetan. Sie brauchte eine Sekunde, um sich davon zu erholen, dann erst konnte sie in das aufbrandende Gelächter einstimmen.

Ike hatte genug von diesem unwürdigen Schauspiel. Er stand auf und wollte gehen. Dadurch erregte er Walters Aufmerksamkeit. „Was ist mit Ihnen, Mister Graham?" sprach er ihn an. „Möchten Sie auch einen Toast ausbringen?"

Ike blieb stehen und drehte sich um. „Ich weiß nicht", erwiderte er, „lassen Sie mich nachdenken." Er sah Maggie an und fragte: „Finden Sie das gut, was hier abläuft?"

Sie sah ihn verwundert an: „Ich verstehe nicht..."

„Gefällt Ihnen das, was hier gerade passiert?" setzte Ike nach. „Ich meine, finden Sie das lustig?"

„Natürlich."

Ike ballte die Faust. Offenbar war er hier der einzige Mensch, der noch wußte, was Anstand und Ehrgefühl bedeutete. „Mir gefällt die Vorstellung überhaupt nicht“, sagte er angewidert. „Und auch Sie sollten –“

„Das sind doch nur Späße“, fiel Bob ein. „Sie wollen uns nur ein wenig aufziehen.“

„Na los, Mister Graham!“ rief Walter ungeduldig. „Wir wollen endlich einen Toast von Ihnen hören!“

Ikes innere Erregung wuchs von Sekunde zu Sekunde. „Sie wollen also einen Toast von mir“, sagte er mit zitternder Oberlippe. „Na schön, Sie werden einen bekommen. Ich will einen Toast ausbringen auf Maggies Freunde. Mögt ihr alle selbst einmal zur Zielscheibe bösen Spottes werden! Mögen all eure Fehlgriffe öffentlich bekannt gemacht werden! Ich wünsche euch von ganzem Herzen, daß jemand euch mit der Nase auf eure eigenen Fehler stößt!“

Ike stand da und sah in die Gesichter von Maggies Freunden. Er erwartete eine Reaktion. Doch sie saßen alle da, erstarrt wie Salzsäulen und stumm wie Fische. Ihre Blicke klebten an Maggie, als habe sie die Anklagen an sie gerichtet.

Maggie indes war todunglücklich. Wie hatte er das nur tun können! Diese Leute waren ihre Freunde. Er hatte sie beleidigt, und angeblich auch noch in ihrem Namen. Mit aller Kraft kämpfte sie gegen ihre Tränen an.

„Das... das war sehr lustig“, sagte Betty Trout schließlich. „Genug Trinksprüche. Wir wollen wieder tanzen. Musik! Musik!“

Die Band setzte mit einer langsamen Melodie ein. Nur sehr zögerlich folgten die ersten Paare Betty Trouts Aufforderung. Maggie schritt mitten durch die Menge hindurch, die Leute sahen verstohlen weg. Ike folgte ihr.

Auch Bob wollte hinter ihr her, wurde aber von Cory aufgehalten. „Ich hab da eine Wette laufen, Bob, das muß ich dir unbedingt –“

„Nicht jetzt, Cory“, würgte Bob ihn ab.

Maggie war in die Dunkelheit verschwunden. Peggy stand an der Tür. Sie hielt ihre Jacke in der Hand. Da tauchte Ike auf.

„Reden Sie mit ihr“, sagte sie und reichte ihm die Jacke. „Die wird sie brauchen. Wir sind hier ja nicht wirklich auf Hawaii.“

Schweigend nahm Ike die Jacke und verschwand ebenfalls in die Dunkelheit. Erst jetzt erschien Bob. „Wo ist Maggie hin?“ fragte er Peggy besorgt.

„Sie holt nur etwas aus dem Wagen“, log Peggy. Bob tat ihr leid. Peggy hatte schon längst den Verdacht, daß er es, anders als Maggies andere Verlobten, nicht einmal bis zum Altar mit ihr schaffen würde.

Irgendwie ahnte Bob wohl, daß Peggy ihm nicht die Wahrheit sagte. Trotzdem zögerte er. Dann wollte er Maggie doch nachgehen. In diesem Moment aber kamen Cory und Dennis auf ihn zu und nahmen ihn völlig in Beschlag. Zum ersten Mal, noch ohne daß er es sich eingestand, kam eine eigenartige Angst in ihm auf; die Angst, daß er Maggie verlieren könnte.

Kaum hatte Maggie sich im Schutz der Dunkelheit gewußt, waren ihre Schritte schneller geworden. Sie wollte nur noch weg, je weiter, desto besser. Ihr Herz schlug bis zum Hals, in ihrem Kopf saß ein Schmerz, der schneidender war als jede Rasierklinge. Das würde sie Ike Graham nie verzeihen. So sehr hatte sie sich nicht einmal durch seine Kolumne gedemütigt gefühlt.

Plötzlich bemerkte sie, daß ihr jemand folgte. Sie mußte sich gar nicht umdrehen, um zu wissen, daß es Ike war. Im nächsten Moment packte er sie am Arm und hielt sie fest.

„Gehen Sie weg!" schrie sie ihn an. „Ich will nichts mehr mit Ihnen zu tun haben!"

„Ich war der einzige, der da drinnen auf Ihrer Seite stand", versetzte Ike.

„Sie haben mich vor allen erniedrigt!"

„Nein, Maggie. Ich habe Sie verteidigt. All die anderen haben Sie gedemütigt. Das war überhaupt der Zweck dieser Party."

„Ich hatte das unter Kontrolle. Jetzt bemitleiden mich alle."

„Dafür gibt es auch allen Grund. Denn jeder sieht doch, daß Sie wieder Ihren alten Fehler begehen."

Maggie schwieg. Es fiel ihr schwer, ihn anzusehen. Vielleicht, weil sie wußte, daß er recht hatte?

„Sagen Sie mir eins", fuhr er schließlich fort. „Machen Sie sich wirklich etwas aus einer Trekkingtour auf den Mount Everest?"

„Natürlich! Das macht Spaß! Er ist so verdammt hoch!" Ihre Begeisterung klang aufgesetzt, mehr als je zuvor.

„Und was ist mit dem Paarungsverhalten von Heuschrecken?"

„Das war eine hochinteressante Studie, die George durchgeführt hat."

„Welcher echte Grateful-Dead-Fan läßt sich schon eine vermeintliche Tätowierung aufkleben."

„Ich habe Ihnen doch erklärt, daß ich einfach eine unüberwindliche Angst vor Nadeln habe."

„Dann hatten Sie auch allen Ernstes vor, eine Leprakolonie in Zentralafrika zu leiten?"

Maggie sah ihn erstaunt an. „Wo haben Sie das her? Von Brian?“

„Ist doch völlig egal. Ich glaube Ihnen jedenfalls kein Wort. Ich frage mich nur, ob Sie wissen, daß Sie sich und den anderen etwas vormachen; ob es nicht wenigstens dann und wann in Ihrem Leben Momente gibt, in denen Ihnen das bewußt wird.“

„Was wollen Sie eigentlich von mir?“ schrie Maggie ihn ungehalten an. „Ich habe es immer ehrlich gemeint. Ich wollte eine Unterstützung sein, eine Ergänzung für den Menschen, den ich liebte. Aber das verstehen Sie natürlich nicht.“

„Unterstützung? Ergänzung? Unsinn! Sie hatten Angst! Und jetzt haben Sie wieder Angst. Mir ist noch nie in meinem Leben eine Frau begegnet, die so verloren war wie Sie!“

Getroffen zuckte Maggie zusammen. „Verloren?“ fragte sie.

„Allerdings. Sie wissen überhaupt nichts über sich selbst, noch nicht einmal, wie Sie Ihre Eier haben wollen.“

„Wie bitte?!“

„Als sie mit dem Priester zusammen waren, aßen sie Rührei; mit dem Rocker Spiegelei; mit dem Insektenkerl mochten Sie sie pochiert. Und jetzt essen Sie nur das Eiweiß.“

„Man kann doch mal seine Meinung ändern.“

„Man kann seine Meinung nur ändern, wenn man überhaupt eine hat. Was ist los mit Ihnen, Maggie? Haben Sie wirklich vor, sich von diesem Kerl den Himalaja hinaufschleppen zu lassen, um dort Ihre Flitterwochen zu verbringen? Sie wollen nicht in den Himalaja, da bin ich mir ganz sicher!“

„Will ich doch!“ rief Maggie wie ein trotziges Kind.

„Nein, das wollen Sie nicht. Soll ich Ihnen sagen, was Sie wollen? Sie wollen einen Mann, der Sie barfuß und mit verbunden Augen über einen Strand führt, so daß sie das Gefühl des Strandes nur durch ihre Fußsohlen entdecken. Sie wollen einen Mann, der Sie in eine Höhle bringt, in der tausend Kerzen brennen, und Ihnen dort ein Gedicht vorliest. Sie wollen einen Mann, der Sie in der Morgendämmerung aufweckt, weil er Ihnen so viel zu sagen hat und es nicht erwarten kann, Ihre Meinung dazu zu hören. Habe ich recht?“

Maggie war sprachlos. Wie ein angriffslustiger Bienenschwarm schwirrten ihr Ikes Worte um die Ohren. Was hatte er gesagt? Sie konnte sich immer weniger daran erinnern – weil sie es gar nicht wollte. Aber sie spürte noch immer, was diese Worte in ihr ausgelöst hatten: ein Glühen, das sie nie zuvor gespürt hatte.

„Habe ich recht?“ wiederholte Ike, nahm sie an den Schultern und schüttelte sie.

Maggie war kurz davor, in Tränen auszubrechen. Sie bezwang ihre Trauer aber und schrie: „Aufhören! Hören Sie endlich damit auf! Ich werde am Sonntag heiraten. Sie wollen mich verunsichern, damit ich wieder davonlaufe. Warum tun Sie das?“

Ike schwieg.

„Ich werde es Ihnen sagen“, fuhr sie fort. „Sie sind ein zynischer, ausbeuterischer, gemeiner Wicht, der wahre Liebe nicht einmal erkennen würde, wenn sie ihm mit dem Hammer auf den Kopf haut. Alles, was Sie tun können, ist, andere Leute in den Schmutz zu stoßen und dann über sie herzuziehen. Sie kritisieren andere doch nur deshalb so unbarmherzig, weil Sie zu große Angst haben, selbst etwas zu tun. Ich habe Ihre Kolumnen gelesen. In keiner einzigen haben Sie über sich selbst geschrieben. Ich bin nicht die einzige, die verloren ist, und Sie wissen das genau. Habe ich recht? Nun, was ist? Habe ich recht?!“ Sie schrie die letzten Worte heraus.

Nun war es Ike, der für einen Moment sprachlos war. Er wußte, daß es einen Ike gegeben hatte, der so war, wie sie ihn beschrieben hatte. Aber er wußte auch, daß sich dieser Ike zu verändern begann. Gerade als er zu reden ansetzen wollte, kam Bob aus der Scheune.

„Maggie!“ rief er. „Bist du da draußen?“

„Ich bin hier, Bob“, antwortete sie.

Im Laufschritt kam er heran. Ein mißtrauischer Blick traf Ike. Bob merkte, daß Maggie aufgeregt war. „Was ist mit dir, Baby?“ fragte er.

„Nichts“, entgegnete sie. „Alles okay. Ich war nur ein wenig durcheinander... wegen vorhin.“

„Verstehe.“ Er legte seinen Arm um sie. „Komm doch wieder hinein. Die Leute fragen schon nach dir.“

Maggie setzte wieder ihr Lächeln auf, hinter dem sie ihre Verwirrung verbarg. Ohne sich von Ike zu verabschieden, ging sie mit Bob zurück in die Scheune. Ike konnte darüber nur den Kopf schütteln. Jedenfalls hatte er für diese Nacht die Nase gründlich voll und ging zu seinem Wagen.

12

„Eins verstehe ich nicht", sagte Cindy und sah Peggy ratlos an. „Wozu muß Maggie die Hochzeit zwei Tage vor dem Termin noch einmal proben? Sie hat doch schon drei Versuche hinter sich."

„Bob will, daß Maggie die Hochzeitszeremonie in aller Ruhe durchspielen kann, ehe es ernst wird", erklärte Peggy. Aber es sah nicht so aus, als würde sie diese Methode für erfolgversprechend halten.

Der Wagen hielt vor der methodistischen Kirche Hales an. Es war bereits dunkel. Peggy und Cindy liefen mit eiligen Schritten die Stufen zum Eingang hinauf. Es sah ganz so aus als wären sie die letzten. Bob und Maggie waren schon da, und auch Teds Motorrad stand auf dem Bürgersteig. Peggy hatte zu ihrer Überraschung sogar Ikes Wagen erkannt. Sie fragte sich, was ausgerechnet er hier machte. Wenn Maggie ernsthaft vorhatte, Bob zu heiraten, hatte sie allen Grund, Ike soweit wie möglich von sich fern zu halten. Damit meinte sie nicht Ike, den Spürhund oder Ike, den Schmierenreporter, den Wahrheitsverdreher; sie meinte Ike, den Charmeur, Ike, den Mann mit diesem einzigartigen Lächeln.

Auch Bob gefiel es nicht unbedingt, daß Ike mit von der Partie war. Er verbrachte in der letzten Zeit auffällig viel Zeit mit Maggie. Und wenn immer er anwesend war, wurde Maggie irgendwie unruhig. „Willst du, daß ich Ike wegschicke?" fragte er seine Braut nun mit gedämpfter Stimme.

„Aber nein", erwiderte Maggie und fügte dann so laut hinzu, daß auch der etwas entfernter stehende Ike es hören konnte: „Wieso spielt Ike nicht den Pastor?"

„Lieber nicht“, erwiderte Ike. Er fühlte sich die ganze Zeit schon unwohl in seiner Haut. Auch er fragte sich, wieso er überhaupt gekommen war. Andererseits war er einfach zu neugierig gewesen, um Maggies nur zwischen den Zeilen ausgesprochene Einladung ausschlagen zu können. „Kommen Sie schon“, forderte Maggie ihn auf. „Sie haben von dort vorne einen hervorragenden Überblick über das Geschehen. Ganz einmalig.“

Maggie lächelte Bob an. Aber was war das für ein kümmerliches Lächeln! Es brach Ike das Herz. Wenn sie Bob tatsächlich heiraten sollte, würde sie für den Rest ihres Lebens nur noch dieses aufgesetzte Lächeln haben, das wie aus einem Werbeprospekt zu sein schien. Ihr anderes Lächeln, das er gelegentlich an ihr gesehen hatte, würde für immer verborgen bleiben und irgendwann sterben wie eine Blume ohne Wasser.

Bob klatschte in die Hände. Ganz klar, er führte hier die Regie. Zuerst schob er Ike durch den Gang auf seine Position. Ike kam sich wie ein kompletter Vollidiot vor, als er vor dem Altar stand und auf die leeren Bänke schaute.

Währenddessen hatte Maggie Peggy in den Vorraum der Kirche gezogen. Kaum war sie Bobs Aufmerksamkeit entschlüpft, sagte eine staunende Peggy: „Du hast Ike zu eurem Pastor gemacht?“

„Ganz recht“, erwiderte Maggie. „Er soll im Mittelpunkt des Geschehens stehen und alles beobachten.“

„Was willst du damit bezwecken?“

„Bezwecken?“ wiederholte Maggie achselzuckend.

„Was ist auf der Luau passiert?“ forschte Peggy weiter.

„Kein Wort über die Luau! Ich möchte diesen Alptraum so schnell wie möglich vergessen. – Was ist das denn für ein Seil?“

Peggy wandte sich um. In einer Nische hing ein dickes Seil von der Decke, das bis zum Boden reichte. „Das ist für die Glocke", erklärte Peggy.

„Cindy!" rief Bob inzwischen in der Kirche aus. Cindy stand neben Ted an der Orgel und flirtete, ungeachtet der Würde des heiligen Ortes, ungeniert mit ihm herum. Erschrocken fuhr sie nun zusammen. „Na los!" forderte er sie auf, „hinaus zu den anderen Frauen!"

Eilig trippelte nun auch sie in den Vorraum. „Bob hat's ganz schön eilig", sagte sie zu ihren Freundinnen. „Er ist ja sonst ein netter Kerl, aber sein Kommandoton gefällt mir überhaupt nicht."

Maggie spürte eine eigenartige Unruhe in sich aufkommen. Ein Kribbeln unter der Haut, das Gefühl, plötzlich ein Dutzend Hände zu haben und nur zwei Taschen, um sie hineinzustecken.

„Nicht nervös werden", beruhigte Peggy. „Hast du schon vergessen, was Bob dir gesagt hat? Du mußt visualisieren."

„Sei der Ball", wiederholte Maggie halblaut und verbissen ein Motto, das Bob ihr aufgegeben hatte. Dabei zog sie entschlossen ihre Brauen zusammen.

„Versenk den Ball", sagte Cindy.

„Mach den Schuß", sagte Peggy.

„Genau ins Schwarze", Cindy.

„Immer nach vorne", Peggy.

Maggie kratzte alles an Entschlossenheit und Konzentration zusammen, was sie aufbringen konnte. Diesmal würde sie es schaffen. Sie würde alle Hindernisse nehmen wie ein gehorsames Pferd. Kein Scheuen mehr. Kein Verweigern. Plötzlich riß sie die Hände hoch und schrie: „Jetzt!" Sie packte das Glockenseil, schwang sich auf und ab, so daß die Glocken in ganz Hale und weit darüber hinaus zu hören waren.

„Was ist denn jetzt los?“ fragte Bob, als er das Geläute hörte. Glockengeläut war für die Generalprobe eigentlich gar nicht vorgesehen, Maggies Auftritt in der Kirche dagegen war schon überfällig. „Bist du in Ordnung, Schatz?“ fragte er besorgt.

Erst jetzt merkte Maggie, was sie tat. Ihr war wohl eine Sicherung durchgebrannt. Sie ließ das Seil los und sah in die verdutzten Gesichter ihrer Freundinnen. Es ist nur die Generalprobe, dachte sie. Dann nahm sie alle Kraft zusammen, schloß die Augen und tat einen ersten Schritt in den Kirchenraum hinein. Einen zweiten Schritt. Öffnete ein Auge für einen kurzen Moment, um es gleich wieder zu schließen.

Wenn sie in dieser Geschwindigkeit weitermacht, wird die Trauung eine Abendveranstaltung, dachte Ike und zog sein Jackett aus.

„Großartig!“ rief Bob gleichzeitig begeistert aus. „Du machst das ganz wundervoll, Baby! Aber ich glaube, wir gehen die Sache viel zu schnell an. Du mußt dich lockern. Ich spüre, wie verkrampft du bist.“ Bob ging ganz in seiner Trainerrolle auf. Er warf einen Blick auf Ike, überlegte einen Moment und schritt dann auf ihn zu. „Sie stellen sich hierher und spielen erst einmal meine Rolle. Dann weiß Maggie ungefähr, wieviel sie noch vor sich hat.“ Er brachte Ike in Position und kehrte dann zu Maggie zurück: „Ich begleite dich.“ Er trat hinter sie und flüsterte ihr ins Ohr: „Benütze deine Phantasie! Es ist alles nur ein Spiel. Du bist der Football. Du fliegst im großen Bogen durch die Luft, genau in die Hände des Bräutigams.“ Maggies Augen waren gesenkt, ihr Blicke klebten an ihren Fußspitzen. „Ja, ich fliege durch die Luft", wiederholte sie. Dann sah sie schlagartig auf – und erblickte Ike vor sich.

Ike hatte eben noch ein sarkastisches Lächeln über den Unsinn auf den Lippen gehabt, den Bob hier aufführte. Doch Maggies Blicke trafen ihn mit einer solchen Wucht, daß aller Spott hinweggefegt wurde. Wie wundervoll sie jetzt aussah. Er hatte schon manche Frau in seinem Leben gewollt, aber noch nie zuvor hatte er etwas empfunden, das sich mit dem vergleichen ließ, was jetzt schlagartig in ihn fuhr.

Dieser Augenblick wurde für beide zu einem Moment der Wahrheit. Was immer zwischen ihnen gestanden hatte, fiel jetzt ab wie unnütze Schlacke. Maggie spürte plötzlich eine Kraft durch ihren Körper fließen, ihr Rücken richtete sich auf und ihr Kopf hob sich. „Ich fliege über die Ziellinie", murmelte sie vor sich hin. Ihre Schritte wurden plötzlich schneller und sicherer. „Und ich werde hinter der Ziellinie landen!"

Bob war begeistert. Er verkannt die Situation vollkommen. Nur Peggy begriff, was sich zwischen Maggie und Ike abspielte. „Donnerlittchen", murmelte sie im Stile von Mrs. Pressman.

Inzwischen war Maggie an Ikes Seite angekommen. Bob stellte sich vor sie hin. „Ich spiele jetzt den Pastor", sagte er. „Liebes Brautpaar, blah, blah, blah, und so weiter und so fort. Ra ta ta ta. Yabadabada. Und hiermit erkläre ich euch zu Mann und Frau. Sie dürfen die Braut jetzt küssen, badum dum." Er wandte sich an Ted, den Organisten: „Jetzt setzt Orgelmusik ein, die den Auszug des Brautpaares aus der Kirche begleitet und die..."

Weder Ike noch Maggie hörten auch nur ein Wort von dem, was Bob sagte. Das letzte, was sie noch realisiert hatten, war: „Sie dürfen die Braut jetzt küssen." Ihre Blicke hatten sich schon längst ineinander verschlungen, jetzt schlangen sie auch ihre Arme umeinander und küßten sich auf eine Weise, die keinen Zweifel daran ließ, daß es sich dabei nicht um eine Generalprobe, sondern um eine äußerst geglückte Premiere handelte. Es war ein Kuß, der alles veränderte und den tausend entschuldigende Worte nicht ungeschehen machen konnten.

Cindys Augen wurden immer größer, je länger der Kuß dauerte. „Hören die denn gar nicht mehr auf?" fragte sie fassungslos. Peggy wurde plötzlich schwarz vor Augen, in letzter Sekunde konnte sie sich in eine Kirchenbank retten.

Und Bob? Er stand da, zuerst ein wenig irritiert, dann steigerte sich seine Verwirrung. Nur ganz langsam sickerte die Erkenntnis in sein Bewußtsein, daß hier etwas geschah, das den Rahmen einer Generalprobe sprengte, etwas, das sich seiner Kontrolle entzog und über das erklärte Trainingsziel weit hinausschoß.

„Maggie!" schrie er empört.

Erst da fielen Ike und Maggie aus ihrem Traum und krachten auf den harten Boden der Wirklichkeit. Sie waren nicht weniger erstaunt über das, was eben geschehen war, als alle anderen. Doch nach ein paar Sekunden wußten sie, daß kein Zurück mehr gab.

Bob drohte jeden Moment zu platzen. „Wenn du dabei an mich gedacht hast, warst du großartig", schrie er Maggie an, und im nächsten Atemzug war Ike dran: „Was zur Hölle haben Sie da gemacht?"

Ike hatte nur Augen für Maggie. „Tut mir leid, Bob", erklärte er, „sie hat mich zurückgeküßt."

Bob sah wütend zwischen den beiden hin und her. Maggie überlegte einen Moment, dann bestätigte sie um so sicherer: „Stimmt, ich habe ihn zurückgeküßt." Dabei war sie selbst mindestens ebenso verwirrt wie glücklich.

„Soviel hab ich auch mitgekriegt", zischte Bob. „Könnt ihr mir sagen, wie lange das schon läuft mit euch beiden?"

Maggie sah Ike fragend an. „Eine Minute ungefähr?" schätzte sie.

„Für mich war's etwas mehr."

„Wirklich?"

„Und was soll ich jetzt dazu sagen?" fiel Bob ein.

„Wie wär's mit: ‚Ich hoffe, ihr beide werdet glücklich miteinander'", schlug Ike vor.

Das war entschieden zu viel für Bob. Reichte es nicht, daß er ihm kurz vor der Hochzeit die Braut wegnahm? Mußte er sich auch noch lustig über ihn machen? Seine Sicherung brannte durch. Er holte weit aus und schlug Ike mitten ins Gesicht. Die Wucht des Schlages und die Überraschung warfen Ike zu Boden. „Ich hoffe, ihr beide werdet glücklich miteinander", zischte er, rannte den Gang hinunter und war im nächsten Augenblick verschwunden.

Maggie wußte natürlich, daß das ein ziemlich bittere Pille für Bob war. Wenn sie gekonnt hätte, hätte sie ihm zu gerne ein Stück Zucker verabreicht. Aber sie war ja selbst nicht weniger überrascht wie er. Trotzdem wollte sie ihn nicht einfach so gehen lassen. „Kümmere dich um Ike", bat sie Peggy, die sich von ihrem Schock wieder erholt hatte, und rannte zum Ausgang.

„Bob!" rief sie hinter ihm her. Er war schon fast bei seinem Wagen. „Es tut mir leid! Wirklich!" Bob antwortete nicht, er blieb nicht einmal stehen. „Zumindest habe ich den Rückzieher vor der Hochzeit gemacht", rief sie. „Das ist doch ein Fortschritt." Auch jetzt blieb Bob nicht stehen. Da begriff Maggie, daß es besser war, ihn alleine zu lassen. „Du wirst eine Frau finden, die dich sehr viel glücklicher machen wird, als ich es je gekonnt hätte", sagte sie nur noch.

Bob hörte es nicht mehr. Seine Wagentür schlug zu, wenig später heulte der Motor auf. Mit quietschenden Reifen brauste er davon.

Peggy und Cindy tauchten an Maggies Seite auf. Maggie wußte nicht, was sie sagen sollte. Dafür sagte Peggy: „Um mit den Worten von Mrs. Pressman zu sprechen: Donnerlittchen! Wir telefonieren." Die beiden Freundinnen zogen ab. Wenig später sah Maggie nur noch die Rücklichter ihres Wagens.

Da tauchte endlich auch Ike auf. Er hatte sich von Bobs Hieb offensichtlich gut erholt. Das war schon vergessen. Es gab jetzt wichtigeres.

„Okay", sagte Maggie unsicher. „Hast du eine Ahnung... ich meine... was ist passiert... gerade eben... da drin...?"

„Ich weiß nicht", erwiderte Ike. „Und um ehrlich zu sein, ich habe auch keine Lust, darüber zu sprechen."

„Ich auch nicht."

Da fielen sie übereinander her, küßten sich wie von Sinnen, alles, was ihren Lippen in den Weg kam; als wäre dies der einzige und letzte Moment, an dem sie ihre Küsse loswerden konnten.

„Halt!" rief Ike da und löste die Umarmung. „Wir müssen reden. Wir müssen unbedingt erst einmal reden. Du gehst dort hinüber, ich stehe hier. Jeder hat seine Ecke." Sie traten ein paar Schritte auseinander und sahen sich an. „Du weißt, daß du einen Gang hinabgehen mußt, um dann klar und deutlich ‚Ich will' zu sagen."

Maggie sah ihn überrascht an. „Zu wem denn? Zu dir? Hast du mir eben einen Heiratsantrag gemacht?"

„Wer? Ich?"

„Ja, du! Ich hab's genau gehört."

Ike wog den Kopf hin und her. „Na ja, da du schon dieses sündhaft teure Kleid gekauft hast..."

„Und eine Kirche haben wir auch."

„Und einen Hochzeitstermin ebenfalls. Wir sind zu zweit..." Ike schwieg einen Moment und sagte dann: „Heißt das also, daß du... Überleg's dir gut. Du mußt den Gang zum Altar hinabgehen. Die einzige Sicherheit, die ich dir auf diesem Weg bieten kann, ist die, daß dort ein Mann steht, der dich mehr liebt als irgendetwas sonst auf der Welt."

„Das ist schon okay."

„Gut. Dann ist es auch für mich okay."

„Dann werden wir also..."

Sie sahen sich in die Augen und nickte sich entschlossen zu. Ike holte sein Diktiergerät aus der Jackentasche und schaltete es ein. „Ich werde heiraten", sagte er ins Mikrophon.

Fisher und Ellie hatten eben zu Abend gegessen, als das Telefon klingelte. Ellie nahm ab. „Ike!" rief sie aus. „Schön, daß du anrufst. Was gibt es denn?"

Fisher beobachtete voller Interesse den Gesichtsausdruck seiner Frau. Zuerst sah er wortlose Überraschung. Dann glommen Zeichen der Freude auf und verbreiteten sich schließlich über das ganze Gesicht. Womit konnte Ike Ellie eine Freude machen?

„Stell dir vor", erklärte Ellie schließlich, „Ike will heiraten!"

Als Fisher das hörte, zog es ihm fast die Füße weg. Er wußte nicht, ob er lachen oder weinen sollte. Ike wollte heiraten? Wen denn? Wenn das stimmte, was er sich dachte, dann war das wirklich die Sensation des Jahres. „Wen denn?“ fragte er, wobei er fast platzte. „Etwa diese Maggie Carpenter?“

Ellie nickte heftig.

Da brach es aus Fisher heraus. Er konnte einfach nicht mehr an sich halten. Er sprang herum, warf sich auf den Boden und kugelte hin und her. „Ich faß es nicht!“ rief er mit Tränen in den Augen aus. „Ich faß es einfach nicht!“

„Wenn du auf den teuren Perser pinkelst, bring ich dich um“, warnte ihn Ellie.

Maggie hatte die ganze Nacht kein Auge zugetan. Zu viel war passiert. Ihr ganzes Leben hatte sich verändert. Plötzlich wußte sie, was sie wollte: für immer mit Ike zusammen sein. Er war die Erfüllung all ihrer Träume, und sie würde ihm die beste Ehefrau sein, die er sich vorstellen konnte.

Früh am nächsten Morgen brachte Maggie ihre Großmutter Julia zu Peggy. Sie wollte rechtzeitig vor der nächsten Hochzeit ihre Dauerwelle erneuern. Während Peggy sich die Haare der alten Julia vornahm, erzählte Maggie ausführlich von Ike. Was sie früher an ihm gehaßt hatte, hielt sie nun für seine besten Eigenschaften. Peggy und Cindy hörten interessiert zu. Sie gönnten Maggie ihr Glück von ganzem Herzen.

„Ich finde, er hat wundervolle Augen“, sagte Cindy.

„Er hat schön Haare“, lachte Peggy, „egal, welche Farbe sie haben.“

Die Frauen kicherten in sich hinein.

„Ich finde, er hat einen knackigen Hintern“, sagte da Großmutter Julia. Maggie, Peggy und Cindy erstarrten und sahen die alte Frau fassungslos an. „Aber Großmutter!“ rief Maggie empört aus.

„Diesmal, glaube ich, hat Maggie ihr Glück wirklich gefunden", sagte Peggy indes zu Cindy.

„Was möchtest du heute machen?" fragte Ike.

„Das was du möchtest", antwortete Maggie.

„Ich habe dich aber gefragt, was du möchtest."

Maggie sah ihn unsicher an. Es war schon verdammt lange her, daß jemand sie das gefragt hatte. Obwohl sie es sich immer gewünscht hatte, merkte sie nun, daß sie eigentlich gar nicht wußte, wozu sie wirklich Lust hatte. „Ans Meer?" sagte sie und lächelte Ike unsicher an.

„Fahren wir ans Meer", erwiderte er.

Von Hale aus war es nicht weit zum Meer. Eigentlich lag nur eine Hügelkette dazwischen. Maggie sog die Luft, die immer salziger roch, je näher sie dem Meer kamen, tief in ihre Lungen. „Weißt du, daß ich mich noch nie so frei gefühlt habe wie mit dir?" sagte sie, während sie ihre Hand aus dem Wagenfenster hielt und die Luft durch die Finger gleiten ließ.

Sie fanden eine idyllisch gelegene kleine Bucht mit einem kurzen Stück Sandstrand. Maggie wollte zum Wasser hinunterlaufen, aber Ike hielt sie zurück.

„Zieh deine Schuhe aus", sagte er.

„Wie bitte?" Maggie sah ihn ratlos an. Aber sie tat, was er verlangt hatte. Dann zog er ein Tuch hervor und verband ihr die Augen.

„Komm", sagte er und nahm ihre Hand.

Erst jetzt erinnerte Maggie sich. Sie spürte, wie ihre Füße leicht in den weichen Untergrund einsanken, wie der Sand durch ihre Zehen rann. Gleichzeitig das Rauschen des Meeres, das Gekreische der Möwen zu hören und dazu den Wind in den Haaren zu spüren, ließ sie das Meer auf eine völlig neue Weise erleben. Plötzlich glaubte sie, den Sand, das Meer, den Wind in sich selbst zu spüren. Und da wußte sie, daß es genau das war, was sie immer hatte tun wollen.

Ike indes erinnerte sich, daß er auch mit Ellie oft am Strand von Coney Island spazierengegangen war. Und doch war alles anders gewesen. Was er für Maggie empfand, unterschied sich von allem, was er je zuvor empfunden hatte. Sie war die Richtige, daran hatte er keinen Zweifel. Aber das war noch nicht alles. Auch er hatte in der letzten Zeit einige wichtige Dinge begriffen, ohne die das nicht möglich gewesen wäre.

„Ich hätte jetzt große Lust zu reiten", sagte Maggie völlig unvermittelt. „Kannst du reiten?"

„Es ist schon lange her", erwiderte Ike.

„Dann wird es Zeit, deine Fähigkeiten mal wieder ordentlich aufzufrischen. Ein paar Meilen entfernt gibt es eine Farm, auf der man Pferde ausleihen kann."

Kaum mehr als eine Stunde später galoppierten Ike und Maggie über saftige Hügel und zwischen Maisfeldern hindurch. Maggie fand, daß Ike sich für einen Stadtmenschen ganz ordentlich im Sattel hielt. „Mein Ur-ur-Großvater war ein Cowboy aus Texas", erklärte Ike.

Es war schon Abend, als die beiden wieder zurück nach Hale kamen. Maggie bereitete das Abendessen zu, während Ike den offenen Kamin im Wohnzimmer anheizte. Nach dem Essen setzten die beiden sich vor das Feuer und genossen die romantische Atmosphäre. Ike hatte beim Durchstöbern des Bücherschrankes auch einen alten Band mit Gedichten von Yeats gefunden. Yeats gehörte zu Ikes Lieblingsdichtern.

„Daddy hat das früher gelesen", erklärte Maggie. „Aber das ist lange her. Es gab eine Zeit, da war er ein völlig anderer Mensch. Aber dann sind eben ein paar Dinge passiert, die ihn aus der Bahn geworfen haben."

„Du meinst den Tod deiner Mutter."

„Das auch. Ich möchte jetzt nicht darüber sprechen, Ike. Der Abend ist zu schön dafür. Es wird noch reichlich Gelegenheiten geben."

Ike schlug das Buch auf und las, die Brille auf der Nase, einige Gedichte vor. Maggie hörte ihm gebannt zu. Seine Stimme gab den Worten eine ganz besondere Magie. Sie bewunderte, mit welcher Einfühlsamkeit er die Stimmung jedes einzelnen Gedichtes erfaßte und wiedergab.

„Eins verstehe ich nicht", sagte sie nach einer Weile. „Es ist noch gar nicht lange her, da warst du für deinen Zynismus bekannt. Und jetzt sitzt du neben mir und liest mir Gedichte vor. Irgendwie krieg ich das nicht zusammen. Kann jemand sich in kurzer Zeit so sehr verändern?"

„Du hast das gemacht", erwiderte Ike.

„Danke für die Blumen. Aber ist das wirklich alles?"

„Du hast recht. Weißt du, ich habe Frauen verspottet, weil ich glaubte, sie hätten mich enttäuscht. Aber jetzt habe ich begriffen, daß ich nicht von den Frauen, sondern von mir selber enttäuscht wurde. Ich wollte es immer besser machen als mein Vater, der meine Mutter und seine zweite Frau schlecht behandelt hat. Er hat sie nicht geschlagen, oder so etwas. Er hat sie einfach nur ignoriert. Und ich habe es ganz genauso gemacht. Du mußtest erst kommen, damit mir klar wurde, was ich bisher falsch gemacht habe."

Er zog Maggie an sich und küßte sie. Keiner von ihnen zweifelte in diesem Moment daran, daß sie für immer glücklich sein würden. Nur einen einzigen Stolperstein gab es noch auf dem Weg ins gemeinsame Glück: die Hochzeit.

13

Unruhig ging Ike in seinem Hotelzimmer auf und ab. Der Fernseher war eingeschaltet. Immer wieder warf Ike einen fassungslosen Blick auf die Mattscheibe. Wachte oder träumte er?

„Zum vierten Mal läuten in Hale, Maryland, die Hochzeitsglocken“, sagte Dina Napoli, die weithin bekannte Reporterin des Fernsehsenders WBAL, gerade in die Kamera, im Hintergrund die Methodistenkirche in Hale. „Maggie Carpenter macht ihren vierten Versuch, eine Trauung bis zum Ende durchzustehen. Bis jetzt tut sich hier aber noch nicht viel. Wir melden uns wieder, wenn wir mehr sagen können. Und damit zurück zu dir, Jessica.“

Ike schaltete zu Channel 6, wo eine andere Reporterin ihn freundlich anlächelte. „Man hat die Braut bereits vor einer Stunde hier gesehen“, berichtete sie, „aber den Anfang einer Hochzeit hat sie ja noch nie verpaßt. Wenn möglich, werden wir die gesamten Feierlichkeiten übertragen, soweit sie denn stattfinden.“

Erneut drückte Ike einen Knopf auf seiner Fernbedienung. „Wird sie oder wird sie nicht?“ begann eine angespannte Reporterin zu berichten. „Diese Frage beschäftigt mehrere hundert Menschen, die sich an diesem Morgen hier eingefunden haben. Und vor allem wird sie einen beschäftigen: den ehemaligen Kolumnisten der „USA Today“ und Ehekandidaten Nummer vier Ike Graham. Bis jetzt hat man ihn hier noch nicht gesehen.“

Angewidert schaltete Ike den Fernseher ab. So hatte er sich seine Hochzeit allerdings nicht vorgestellt. Hatte es denn in der vergangenen Nacht nicht irgendwo ein

Erdbeben gegeben? War nirgendwo ein Krieg ausgebrochen? Hatte es keinen verheerenden Brand oder ähnliches gegeben? Sicher, für ihn war das der bedeutendste Tag in seinem Leben. Aber mußte deshalb die ganze Nation zusehen?

Was, wenn Maggie sich wieder nicht traut? dachte Ike. Nein, sie wird, sie wird, beruhigte er sich sofort. Aber was, wenn nicht? Alle Welt würde über ihn lachen.

Er trat vor den Spiegel. Der Hemdkragen war viel zu eng, er bekam fast keine Luft mehr. Egal. Er rückte sich seine Schleife zurecht, wahrscheinlich schon zum zwanzigsten Mal innerhalb von fünf Minuten. Zeit zu gehen, dachte er. Wieso nur fiel es ihm so schwer, durch diese Tür dort zu gehen?

Die Kirche der Glaubensgemeinschaft der Methodisten war nicht nur ein modernes Gotteshaus, es bot auch Platz für die Sonntagsschule und die Wohnung des Pastors. Dabei sah es von der Vorderseite so aus, als throne es wie eine Burg auf einem Hügel. Tatsächlich war die Kirche nicht auf, sondern in einen Hügel hineingebaut worden, was sich jedoch erst auf der Rückseite zeigte. Obwohl die Geschosse dort unter der Kirche lagen, hatten sie normales Tageslicht und waren auch ebenerdig zugänglich.

Mit den vielen Reportern und Schaulustigen, die das Gotteshaus an diesem Tag umlagerten, verstärkte sich der Eindruck einer Burg noch mehr. Immer mehr geladene Gäste kamen an, schritten durch die Menge der Neugierigen und stiegen die Treppen hinauf.

Braut und Brautjungfern hatten sich in einem Klassenzimmer der Sonntagsschule, das sich neben dem Kirchenraum befand, vor den Blicken der Neugierigen zurückgezogen. Fassungslos sah Peggy immer wieder aus dem Fenster. „Nicht zu fassen, was da draußen los ist", sagte sie. „Das ist ja der reinste Rummelplatz!"

Nun kam Maggie ebenfalls ans Fenster. Nervös zupfte sie an ihrem Ärmel herum.

„Er kommt nicht", sagte sie verzweifelt. „Oder hast du ihn schon gesehen? Nein? Dann kommt er ganz bestimmt nicht."

„Beruhige dich endlich", sagte Peggy und nahm die Hände ihrer Freundin. Sie waren kalt und feucht. „Du wirst sehen, daß er kommt. Ich habe heute morgen acht Gänse in V-Formation fliegen sehen."

„Du und deine Glücksgänse", seufzte Maggie. „Du siehst doch immer irgendwelche Gänse fliegen."

„Aber doch nicht acht!"

„Und nicht in V-Formation!" bekräftige Cindy.

„Acht ist gut", nickte Maggie, ohne genau zu wissen, warum. „Und in V-Form... Ich hoffe, das bedeutet wirklich etwas Gutes."

„Du mußt deine Ohren reiben", riet Cindy dann.

„Ja", pflichtete Peggy bei, „die Ohren zu reiben wirkt beruhigend. Cory macht das bei mir auch, wenn ich hyperventiliere."

„Und ich mache das mit Sprout", erklärte Cindy. „Er wird dann ganz friedlich."

Maggie begann, ihre Ohren zu reiben. Nach einer Weile meinte sie: „Ich finde, das tut mit der Zeit weh."

„Du machst es nicht richtig", versetzte Cindy. „Hör schon auf, wir machen das!"

Jede der beiden Brautjungfern nahm sich ein Ohr vor und begann es zu reiben. Auch nach einer Weile konnte Maggie nicht behaupten, daß sie das ruhiger machte.

Peggy beobachtete die ganze Zeit, was draußen vor sich ging. Sie hoffte so sehr, daß Ike nicht der Mut verlassen hatte. Dann endlich sah sie seinen Wagen. Und richtig, es war Ike, der ausstieg. „Er ist da!“ rief sie außer sich vor Freude. „Er ist da!“

Die drei Frauen sprangen auf und drängten sich am Fenster. „Ich hol dein Kleid!“ rief Cindy gleich darauf.

„Er ist da“, seufzte Maggie immer wieder erleichtert. Die beiden Brautjungfern glaubten den Stein zu hören, der ihr eben vom Herzen gefallen war.

„Na also“, sagte Peggy, „jetzt ist er ja da. Du mußt dich endlich beruhigen. Wenn du nicht ruhiger wirst, kommst du nie in dein Kleid.“ Peggy sah einen merkwürdigen Ausdruck auf Maggies Gesicht. Es dauerte höchstens eine Sekunde, aber Peggy erkannte ihn sofort. Nun, da es ernst wurde, hatte ein erster Zweifel Maggies Stirn gestreift. „Ike ist der Richtige“, sagte Peggy. „Du weißt, daß er der Richtige ist.“

Maggie lächelte verhalten. „Natürlich ist er es.“

Peggy wandte sich um, um Cindy mit dem Kleid zu helfen. Gedankenverloren griff Maggie einen Gegenstand, der auf einer der Schulbänke lag. Als sie ihn anblickte, erschrak sie. Es war ein Spielzeugpferd. Unwillkürlich mußte sie an ihre letzte Hochzeit denken, die sie auf einem Pferd vorzeitig verlassen hatte. „Hebt das jetzt die Gänse auf?“ fragte Maggie und zeigte Peggy das Spielzeug.

„Unsinn“, erwiderte die Freundin. „Manchmal ist ein Spielzeugpferd nur ein Spielzeugpferd. Und jetzt mach, daß du in dein Kleid kommst. Bringen wir die Sache endlich hinter uns.“

Als Ike in gemächlichem Tempo vor der Kirche vorfuhr, wurde ihm fast schwarz vor Augen. Das war ja ein richtiger

Menschenauflauf. Familien saßen auf dem Rasen und machten ein Picknick, sogar ein Senator war angereist und begrüßte die Gäste mit einer kurzen Ansprache. Immer wieder blickten Menschen, die er nicht kannte, neugierig in seinen Wagen, und als ihnen klar wurde, daß er der Bräutigam war, winkten sie. Bin ich vielleicht Prinz Charles? Oder Michael Jackson? dachte Ike.

Er parkte den Wagen und stieg aus. Seine Fernsehkollegen hatten ihn schon erspäht. „Hier ist Ike Graham", klang es in alle Mikrophone. Wütend über den ganzen Zirkus, der hier veranstaltet wurde, schlug er die Autotür zu. Im nächsten Moment war er von Reportern umringt, die ihn mit Fragen bombardierten.

„Was soll denn das!" rief er aus. „Das hier ist ein privates Fest. Ich verstehe gar nicht, was Sie hier wollen." Eilig schritt Ike in Richtung Kirche. Die Journalisten klebten wie Fliegen an ihm. Auf den Stufen zur Kirche lief ihm Lee über den Weg. Er hatte wieder seine Videokamera in der Hand.

„Ich hab mir schon mal die Fluchtwege angesehen, um alles bestens ins Bild zu bringen", grinste er und fügte dann hinzu, wobei er Ike auf die Schulter klopfte: „War nur ein Scherz. Nichts für ungut. Und viel Glück!"

„Diesmal bekommen Sie eine ganze Vorstellung", erwiderte Ike.

„Lächeln, Mister Graham!" drang da Mrs. Pressmans Stimme an Ikes Ohr. Er wandte sich um. Sie hielt mit einer Videokamera auf ihn.

„Bitte, Mrs. Pressman", sagte Ike, „jetzt nicht."

„Sie sind heute aber gar nicht gut gelaunt", meinte sie enttäuscht und rümpfte die Nase. „Wundert Sie das?"

Froh, den ganzen Trubel hinter sich lassen zu können, trat Ike in den Vorraum der Kirche. Seine Miene hellte sich auf, als er Fisher und Ellie erblickte. Fisher trug sich gerade ins Gästebuch ein. „Hallo, ihr beiden", rief Ike aus und kam mit großen Schritten auf sie zu. „Endlich treffe ich ein paar meiner Freunde!" Er umarmte sie. „Danke, daß ihr gekommen seid."

Fisher konnte sich ein Grinsen nicht verkneifen. Eigentlich nicht mehr seit dem Zeitpunkt, an dem er erfahren hatte, daß Ike Maggie heiraten wollte. „Ich hoffe, das legt sich irgendwann wieder", sagte Ellie.

„Wir sind doch noch Freunde, Fish?" wollte Ike wissen.

„Aber natürlich." Fishers Grinsen wurde noch breiter.

„Dann mache ich dich hiermit zum Brautführer."

Fishers Grinsen gefror für einen Moment. „Brautführer?" fragte er. „Aber... ich weiß doch gar nicht, was ich zu tun habe. Ich hab darin keine Erfahrung."

„Da drüben ist der Pastor. Er wird dir alles genau erklären."

Verwirrt ging Fisher auf den Pastor zu. Sein Grinsen war ihm schlagartig vergangen.

„Du hast schon immer großartig ausgesehen in diesem Anzug", sagte Ellie nun und wischte ihm den letzten Staub von den Schultern. „Und noch was. Es macht mich glücklich, daß du endlich jemanden gefunden hast." Sie umarmte ihn, hauchte ihm einen Kuß auf die Wange und dann die Worte ins Ohr: „Mein Wagen steht auf der Rückseite der Kirche. Du bist im Nu weg von hier, wenn Maggie weglaufen sollte."

Ike sah Ellie erstaunt an. Sie meinte es gut. Sie wollte ihm im Ernstfall die Demütigung ersparen. Aber sie verletzte ihn damit auch. „Wir sehen uns später", sagte er. Schweigend ging sie in Richtung ihres Mannes, der angestrengt den Anweisungen des Pastors lauschte.

„He, Ike!“ rief da ein männliche Stimme. „Endlich begegne ich Ihnen! Bleiben Sie stehen!“

Ike fuhr herum. Bob kam auf ihn zu. Der hatte Ike jetzt gerade noch gefehlt. Seit der Generalprobe hatte er ihn nicht mehr gesehen. Er sah nicht so aus, als ob er den Schreck und die Demütigung schon verdaut hätte. „Bob, hören Sie –“, setzte Ike an, ihn zu beschwichtigen, aber Bob fuhr ihm in die Rede: „Hat Ihnen heute schon jemand gesagt, daß Sie fürchterlich aussehen?“

Da verwandelte sich Bob finsterer Gesichtsausdruck plötzlich in ein freundliches Lächeln. Er zog eine Papierrose hervor und hielt sie Ike hin. Ike verstand nicht, auch dann noch nicht, als Bob ihm die Rose ans Revers heftete.

„Ich bin froh, daß Sie es sind, der sie gekriegt hat“, sagte Bob. „Obwohl das ja noch gar nicht sicher ist.“ Er zwinkerte dem Bräutigam zu.

Die beiden Männer sahen sich einen Moment schweigend an. Es war ein Augenblick vollkommener Ehrlichkeit. Ike bewunderte Bob. Er war durch und durch ein Sportsmann. Und so sicher wie er das Durchhaltevermögen hatte, um auf den Gipfel des Mount Everest zu kommen, so sicher besaß er auch die menschliche Größe, mit Anstand zu verlieren. Ike wußte nicht sicher, ob er ein ebenso guter Verlierer gewesen wäre. „Wieso tun Sie das?“ fragte er. „Ich hätte es verstanden, wenn Sie mich für den Rest Ihres Lebens hassen würden.“

„Dafür gibt es keinen Grund“, erwiderte Bob. „Eigentlich kann ich Ihnen dankbar sein. Ich war eben nicht der Richtige für Maggie. Und ich bin froh, daß ich das nicht erst im letzten Viertel des Spiels herausfinden mußte.“

Ike nickte. „Haben Sie vielleicht noch einen Rat für mich?“

„Halten Sie Augenkontakt. Das ist das Entscheidende. Sie schaffen das schon.“ Bob klopfe Ike freundschaftlich auf die Schulter und ging.

„Augenkontakt“, sagte Ike immer wieder vor sich hin, „Augenkontakt.“

Wie ein Heer von Ameisen krabbelte die Nervosität an ihm hoch. „Lieber Gott, steh mir bei“, seufzte er und ging auf Fisher zu, der eben sein Gespräch mit dem Pastor beendet hatte.

„Ich habe nicht die geringste Ahnung, was ich machen soll“, sagte Fisher, ebenfalls reichlich nervös. „Wie konntest du mich nur da hineinziehen?“

„Deine Aufgabe ist es, mir im entscheidenden Moment den Ring zu geben“, erklärte Ike. „Hast du den Ring?“

„Woher soll ich den Ring haben!“ rief Fisher entnervt aus. „Ich habe gerade eben erst erfahren, daß ich den Brautführer spielen soll und bin froh, daß wenigstens mein Anzug dieser Aufgabe einigermaßen angemessen ist.“

Ike ließ seinen Blick über die Hochzeitsgesellschaft schweifen, die allmählich die Kirche füllte und noch in angeregte Gespräche versunken war. Es sah so aus, als sei alles, was in Hale Beine hatte, gekommen. Ikes New Yorker Freunde stachen unter den einfachen Kleinstadtbürgern in ihren teuren Designerklamotten von Armani und Donna Karan heraus wie Außerirdische auf einer Cocktailparty. Ike fragte sich, warum all diese Leute hier waren. Weil sie ihm und Maggie Glück für die Zukunft wünschten? Oder weil sie alle eine Sensation erwarteten?

Plötzlich tippte jemand auf Ikes Schulter. Er wandte sich um. Es war Betty Trout. „Finden Sie es nicht nett von uns, daß wir Ihnen unseren alten dreiundsechziger Buick als Hochzeitsauto geliehen haben?“ fragte sie.

‚Aufgedrängt' wäre passender gewesen, dachte Ike. Trotzdem bedankte er sich herzlich, wenn auch mit leicht ironischem Unterton.

„Aber das ist doch nicht der Rede wert! Sie gehören doch jetzt beinahe zur Familie."

Während Mrs. Trout das sagte, erblickte sie auf Fishers Kragen, dessen Rückenansicht sich ihr darbot, ein paar Haare. Ungeniert fing sie an, sie herabzuzupfen. Plötzlich schrie Fischer auf, fuhr herum und sah sie erstaunt an. „Was machen Sie denn da?"

„Da waren ein paar Haare auf ihrem Jackett", erklärte sie. „Und dieses wollte einfach nicht abgehen."

„Kein Wunder. Es steckte ja auch noch an meinem Nacken fest."

„Du siehst einfach... traumhaft aus!" schwärmte Cindy, als sie Maggie in ihrem Brautkleid vor sich sah.

Maggie wäre froh gewesen, wenn sie sich nur annähernd so gefühlt hätte. Ihr Herz machte vor Luftsprünge, nur ein Ventilator konnte sie davor bewahren, in ihren Hitzewallungen völlig zu zerfließen. Hektisch kaute sie auf einem Kaugummi herum, um sich dadurch zu beruhigen. Zwecklos.

Es klopfte an der Tür. Im nächsten Moment traten Großmutter Julia und Walter herein. Julia drückte ihre Enkelin fest an sich. Sie hatte Tränen der Rührung in den Augen. Obwohl sie das schon zum vierten Mal erlebte, war sie noch immer tief bewegt. „Viel Glück, meine Kleine", wünschte sie. „Ich weiß, daß du es diesmal schaffst."

„Klar, Oma."

Julia trippelte davon und machte den Platz frei für Walter. „Komm her, mein Mädchen", sagte er und nahm sie in den Arm. „Mit Ike hast du endlich den Richtigen gefunden“, meinte er. „Diesmal schaffst du es, ich weiß das. Hätte ich sonst fünfzig Dollar auf dich gesetzt? Enttäusche mich nicht!“

Maggie bedankte sich mit einem Lächeln, während ihr Magen bei dem Gedanken an das, was ihr bevorstand, auf die Größe einer Walnuß zusammenschrumpfte.

„Ausspucken!“ sagte Cindy nach einer Weile und hielt der Braut eine Papiertüte hin. Maggie spuckte ihren Kaugummi hinein. Peggy reichte ihr den Brautstrauß und nahm die Endkontrolle vor. „Perfekt“, schloß sie, „auf in die Schlacht!“

Maggie atmete zweimal tief durch. „Okay“, sagte sie, „kein Bummeln auf dem Gang. Ich muß Zeit gutmachen. Ankommen, das ist das einzige, was zählt.“

„Das ist die richtige Einstellung“, bestärkte Peggy sie. „Wir müssen jetzt los. Dennis wird dich rufen, wenn du dran bist. Toi, toi, toi, Darling! Du schaffst es!“

Die Tür fiel hinter den beiden zu, Maggie blieb alleine zurück. Sie fühlte sich so elend. Gerade so als würde sie nicht ihre Hochzeit, sondern ihre Hinrichtung erwarten.

Wenig später ging die Tür wieder auf. Dennis steckte seinen Kopf herein und verkündete: „Sie sind fertig, Maggie! Wir warten nur noch auf dich.“

„Einen Augenblick“, antwortete Maggie.

Dennis verschwand wieder. Ihr Blick fiel auf die zweite Tür, die nicht in die Kirche, sondern nach draußen führte. Langsam trat sie näher, berührte die Klinge. Wenn sie einmal draußen war, waren es nur noch ein paar schnelle Schritte und sie war den Druck los –

Nein! rief da etwas in ihr. Du liebst diesen Mann! Du willst den Rest deines Lebens mit ihm verbringen! Laß diese törichten Gedanken! Geh in die Kirche – und werde glücklich!

Maggie nahm all ihren Mut zusammen und verließ das Nebenzimmer. Gemessenen Schrittes trat sie vor die verschlossenen Türen. Ein zaghaftes Klopfen, dann wurden sie aufgetan. Die Orgel setzte mit einem traditionellen Hochzeitsmarsch ein. Maggie zuckte zusammen. Alle Blicke waren auf sie gerichtet. Und der Weg zum Altar erschien ihr so unendlich weit. Sie erblickte Ike, der sie dort sehnsuchtsvoll erwartete. Ein zaghaftes Lächeln huschte über ihr Gesicht und verlor sich rasch wieder.

Der erste Schritt, ein wenig zu schnell getan – Maggie wankte, fühlte sich unsicher. Ratsuchend sah sie sich nach ihren Brautjungfern um. Wenn ich dir nur helfen könnte, dachte Peggy mit angespanntem Gesichtsausdruck. Aber niemand konnte Maggie jetzt helfen, das mußte sie ganz alleine schaffen.

Die Braut tat einen zweiten Schritt. Sie fühlte sich schon sicherer. Ike lächelte sie an, unentwegt. Dieser Blick war das einzige, woran sie sich festhalten konnte. Und plötzlich spürte sie, daß sie von ihm gezogen wurde. Schritt für Schritt ging sie voran. Die Zweifel und Sorgen der Anwesenden zerstreuten sich mehr und mehr, als sie die wachsende Selbstsicherheit der Braut erkannten.

Ike hätte am liebsten einen Luftsprung gemacht. Komm, Darling, dachte er, du schaffst das! Tu es, für uns. Es sah wirklich so aus, als würde sich die Vergangenheit nicht wiederholen. Da blieb Maggie wieder stehen. Ikes Herz setzte aus. Was war los? Plötzlich trat ein schelmisches Lächeln auf ihre Lippen. Ike fiel ein Stein vom Herzen. Keine weiteren Scherze dieser Art, Schatz, dachte er, wenn du willst, daß ich diese Zeremonie überlebe.

Schritt für Schritt kam Maggie näher. Sie wurde immer sicherer. Ihr Gesichtsausdruck war jetzt geradezu entspannt. Als sie dann endlich den Altar erreichte und an Ikes Seite stand, ging ein erleichtertes Seufzen durch die ganze Hochzeitsgesellschaft.

Ike sah Maggie an. Ein strahlendes Lächeln lief über sein Gesicht. Maggie erwiderte dieses Lächeln zuerst. Doch ganz plötzlich gefror ihr Gesichtsausdruck. Ikes Lächeln – glich es nicht dem eines Jägers, der seine Beute endlich im Netz hatte? Lag darin nicht die Zufriedenheit des Wärters, der den Riegel an der Käfigtür endlich zuschieben konnte? War vielleicht alles nur ein Traum gewesen, ein schöner Traum zwar, aber doch ein Traum? Und nun kam eine Wirklichkeit, die ganz anders sein würde?

Wie ein Wirbelwind fuhr Maggie herum und schoß pfeilschnell zwischen den Kirchenstühlen hindurch Richtung Ausgang. Ike brauchte wie alle anderen eine Schrecksekunde, ehe er begriff, was vor sich ging. Dann hetzte er hinter ihr her und schrie: „Verriegelt die Türen!"

Die Türen flogen zu. Unruhiges Gemurmel erfüllte die Kirche. Wie ein in die Enge getriebenes Tier schaute Maggie um sich. Sie hastete in ein Seitenschiff der Kirche. Ike sah es rechtzeitig und nahm eine Abkürzung über die Betstühle hinweg. Erschrocken wichen die Hochzeitsgäste zurück, versperrten Ike aber gleich darauf den Weg. Wertvolle Sekunden gingen verloren.

Maggie rannte mit der Geschwindigkeit eines verzweifelten Wildes, das vor dem Fuchs auf der Flucht ist. Ike kam ihr immer näher, sie glaubte seinen Atem in ihrem Nacken zu spüren.

„Bleib stehen, Maggie!" rief er. „Was es auch ist, laß uns jetzt darüber reden!"

Er erhielt keine Antwort. Maggie lief, als ginge es um ihr Leben. Ike war beinahe auf Armeslänge an sie herangekommen. Er griff nach ihr, bekam aber nur ihren Schleier zu fassen. Maggie spürte einen Ruck an ihrem Kopf, Ike hielt ihren Schleier in der Hand. Da trat ihm einer der Hochzeitsgäste in den Weg, er rannte ihn über den Haufen.

Maggie atmete auf. Sie hatte die Treppe erreicht, die ins untere Stockwerk der Kirche führte, in der sich verschiedene Räume für die kirchliche Sonntagsschule und die Wohnung des Pastors befanden. Auf dem Gang begegnete ihr eine Gruppe Kinder. Da hatte Maggie ein Idee.

„He, Kinder", sagte sie, „gleich kommt ein Mann die Treppe herab, der eine Menge Süßigkeiten in der Tasche hat. Wenn ihr ihn nur lange genug bittet, wird er euch bestimmt etwas geben." Einem Mädchen drückte sie einfach ihren Brautstrauß in die Hand. Dann lief sie weiter.

„Maggie!" hörte sie da Ikes Stimme hinter sich. Er rannte die Treppe herab, übersprang dabei mehrere Stufen. Doch ehe er sich versah, hingen die Kinder an seinen Händen und seinen Jackettzipfeln. „Bitte, Mister, nur ein paar Süßigkeiten!" bettelten sie.

„Ich habe aber nichts bei mir", entgegnete Ike. „Und jetzt laßt mich durch!"

Keineswegs entmutigt, nahmen die Kinder seine Ablehnung zum Anlaß, nur noch mehr zu betteln.

Maggie stieß indessen eine Tür auf. Sie befand sich in der Küche des Pastors. Über der Anrichte war ein Fenster. Sie schätzte die Größe mit einem Blick ab: Sie würde hindurchpassen. Beherzt sprang sie auf die Anrichte und zwängte sich keuchend durch das Fenster. Als Ike in die Küche kam, war es schon zu spät. In wenigen Schritten sprang er zum Fenster, sah aber nur noch, wie Maggie die Auffahrt hinunterrannte. „Bleib stehen!“ rief er und zwängte sich durch das Fenster. Draußen angekommen, entdeckte er ihr Ziel: einen FedEx Wagen, der auf der gegenüberliegenden Straßenseite parkte. Ike mobilisierte noch einmal all seine Kräfte. Er sah, wie sie mit dem Fahrer hastige Worte wechselte. Wahrscheinlich würde sie dem irgendeine Lügengeschichte erzählen, in der ihm die Rolle des Helden zugedacht war.

Die Reporter hatten, worauf sie die ganze Zeit gewartet hatten. Wie die Geier schossen sie auf Ike zu. „Fahrt zur Hölle!“ schrie er, ließ sie stehen und rannte hinter dem davonbrausenden Lieferwagen her.

An der Kirchentür standen die Hochzeitsgäste. Sie waren herausgestürmt, um Maggies waghalsige Flucht zu beobachten. „Sieh dir das an“, sagte Ellie zu Fisher, „wie er ihr nachrennt. Hätte nicht geglaubt, daß Ike Graham jemals hinter einer Frau herlaufen würde.“

„Er ist ganz gut in Form“, meinte Fisher.

„Armer Ike. Das hat er nicht verdient.“

„Wohin wird Maggie verschwinden?“

Fisher zuckte die Schultern. „Ganz egal, wohin“, sagte er dann trocken, „FedEx liefert bis spätestens zehn Uhr dreißig.“

14

Die Tage wurden kürzer, die Nächte kühler. Goldbraunes Laub bedeckte die Wege und raschelte bei jedem Schritt. Der Sommer war gegangen, und er hatte alle Aufregungen mit sich genommen. Hale war wieder zu seinem Alltag zurückgekehrt, der gleichförmig wie eh und je seiner Wege ging.

Verblaßt war auch die Erinnerung daran, daß für kurze Zeit die ganze Nation auf Hale geblickt hatte. Nach Maggies vierter Beinahe-Hochzeit hatte es ein mächtiges Rauschen im Blätterwald gegeben, doch daran dachte jetzt niemand mehr. Schnee von gestern. Zumindest für die meisten Bürger von Hale war es so, wenn auch nicht für alle.

Obwohl es schon spät war, brannte im Eisenwarenladen noch Licht. Maggie saß hinter dem Verkaufstresen und starrte vor sich hin. Es war ein langer Tag gewesen. Sie war zu müde, um aufzustehen und die Ladentür abzuschließen.

Da steckte Peggy ihren Kopf herein. „Bist du okay?" fragte sie. „Ich hab schon zugemacht."

„Ich bin auch gleich soweit", erwiderte Maggie. „Muß hier nur noch alles fertig machen."

„Hast du Lust, noch irgendwohin auf eine Drink zu gehen?"

„Nicht heute. Ich bin todmüde und will nur noch ins Bett."

Peggy nickte. Sie mußte zugeben, daß Maggie ziemlich abgespannt aussah. Wann hatte sie sie zuletzt aus ganzem Herzen lachen sehen? Nicht mehr, seit... „Denkst du manchmal noch an ihn?" fragte sie da.

„Ihn?" versetzte Maggie. „Wen meinst du?"

„Du weißt genau, wen ich meine.“

Maggie seufzte. „Ich will nicht darüber sprechen.“

„Das solltest du aber. Und du solltest auch noch einmal über alles nachdenken.“

„Du denkst wirklich, daß er der Richtige für mich war, hab ich recht?“

Peggy nickte heftig. „Euch beide zu sehen, das war wie... wie wenn du in einem Kreuzworträtsel plötzlich das Lösungswort findest. Weißt du, was ich meine? Mit einem Mal paßt alles.“

„Hör schon auf. Was willst du überhaupt damit erreichen? Daß ich mich schlecht fühle? Selbst wenn du recht hättest, es ist vorbei. Ich will das Ganze abschließen, verstehst du.“

„Du hast einen Fehler gemacht, Maggie. Und jetzt machst du schon wieder einen. Also, gute Nacht. Wir sehen uns morgen.“

Die Ladentür fiel hinter Maggie zu. Maggie verlor sich wieder in ihren Gedanken. Sie fragte sich, was Ike jetzt wohl machte. Wieso konnte sie einfach nicht aufhören, an ihn zu denken? Gut, die geplatzte Hochzeit war erst zwei Monate her. Aber früher hatte sie nach jedem Rückzieher das Gefühl gehabt, das Richtige getan zu haben. Nur diesmal war es irgendwie anders.

„Heirate mich!“ flüsterte ihr da eine Stimme zu.

Maggie sprang erschrocken auf und fuhr herum. Es war Dennis. Er hatte sich offenbar hinter einem der Regale versteckt. „Hast du mich erschreckt“, rief Maggie aus. „Was machst du überhaupt noch hier? Solltest du nicht längst zu Hause sein?“

„Eines Tages werde ich dir einen Heiratsantrag machen“, lachte Dennis in seiner unschuldigen Geradlinigkeit. „Ich meine, ganz so, wie es sich gehört. Mit Blumen und einem Verlobungsring. Sobald ich achtzehn werde, ist es soweit."

„Du bist wirklich süß, Dennis. Aber bis dahin ist ja noch etwas Zeit. Jetzt solltest du wirklich besser nach Hause gehen. Ich will schließen. Hier hast du einen Schokoriegel. Und noch einen für deinen Bruder."

Dennis nahm die Schokolade und steckte sie ein. An der Ladentür drehte er sich noch einmal um und sagte: „Ich gebe nicht auf, Maggie. Man sollte niemals aufgeben, wenn man jemanden gern hat." Dann verschwand er.

Mit schwerem Herzen blieb Maggie zurück. Sie wünschte, sie könnte das Leben noch einmal mit den naiven Augen eines Kindes betrachten. Da fiel ihr Blick auf die Lampe, die auf dem Ladentisch stand. Es war eine von denen, die sie selbst gebaut hatte. Ihre Finger berührten den Aufkleber mit ihrem Logo. Unvermittelt mußte sie wieder an Ike denken. Wie er ihre Arbeiten bewundert hatte. Er war der erste Mann gewesen, der das überhaupt bemerkt hatte. Vorbei, dachte sie und löschte das Licht. Sie knipste auch die anderen Lampen aus, um den Laden schließlich abzuschließen. Würde der Rest ihres Lebens nur noch aus Tagen wie diesem bestehen?

Mit schweren Schritten schlurfte Ike den Gang zu seiner Wohnung hinab. Seit der Sache mit Maggie schien es ihm, als liege über der ganzen Welt ein Grauschleier. Zumindest hatte er wieder eine Anstellung gefunden, bei einer kleineren Zeitung zwar, aber die Arbeit war in Ordnung.

Ike schloß die Wohnung auf. Drinnen erwartete ihn Italics. Italics war ein Kater, dem die undankbare Aufgabe zugefallen war, eine Art Ersatz für Maggie zu spielen.

Nachdem er ganz alleine aus Hale wieder zurückgekehrt war, hatte Ike die Einsamkeit in seiner Wohnung bedrückt. Er war in eine Tierhandlung gegangen und hatte sich dort den Siamkater Italics ausgesucht.

„Hi, Italics“, begrüßte er den Kater, der schnurrend auf dem Sofa lag. „Wie war dein Tag? Hoffentlich besser als meiner.“

Ike warf die Post, die er von unten mitgebracht hatte, auf den Couchtisch und trat, ohne daß er seinen Mantel auszog, an sein Keyboard. Von draußen blinkte New York, die große alte Lady, die von Tag zu Tag jünger aussah, verführerisch herein. Doch ihre Reize hatten in seiner jetzigen Verfassung keine Macht über Ike.

Ike drückte völlig willkürlich ein paar Tasten. Italics zog die empfindlichen Ohren zurück. „Schon gut, Italics“, versuchte Ike ihn zu beruhigen. „Was hältst du davon?“

„Kind of Blue“, der alte Klassiker von Miles Davis, erklang. Damit war Italics schon weitaus zufriedener.

„Du hast großes Glück, alter Junge“, sagte Ike wenig später zu seinem Kater, unterbrach die Musik dabei aber nicht. „Ein kleiner Schnitt, und alle Probleme mit Frauen sind für dich ein für allemal erledigt. Ich habe nicht den Eindruck, daß es irgendwas gibt, dem du nachtrauerst. Und du hast auch verdammt recht damit.“

Ike schwieg eine Weile. Der alte Schmerz kam wieder in ihm hoch. Wie lange würde es dauern, bis er das alles endlich überwunden haben würde? Es hatte ihn tief verletzt, daß Maggie ihn dieser öffentlichen Demütigung ausgesetzt hatte. Noch heute konnte er sich an jede einzelne Schlagzeile erinnern. Aber schlimmer noch schmerzte, daß er sie für immer verloren hatte. Diese Wunde würde niemals verheilen.

„Weißt du, alter Freund“, fuhr Ike fort, obwohl die Freundschaft mit Italics noch gar nicht so lange währte, „ich kann ja damit leben, daß man sich in jemandem täuscht, daß eine Liebe und eine Ehe zerbricht. Die Dinge entwickeln sich eben manchmal anders als man denkt. Aber was mich an dieser Sache einfach wahnsinnig macht, das ist, daß sie mir nicht die Gelegenheit gab, das auszuprobieren. Mal angenommen, Maggie hat nicht einfach nur Angst gekriegt. Vielleicht hat sie ja wirklich gemerkt, daß ich nicht zu ihr passe. Dann kann sie jetzt friedlich in ihrem kleinen Städtchen warten, bis der nächste des Weges kommt. Und ich? Ich sitze hier mit der festen Überzeugung, daß sie meine Frau fürs Leben war und daß es keine bessere geben wird. Ist das etwa fair?“

Italics Meinungsäußerung beschränkte sich auf ein ergiebiges Gähnen.

„Du hast ja recht“, sagte Ike daraufhin, „ich sollte nicht mehr soviel über diese Sache nachdenken. Das führt sowieso zu nichts. Aber diese Nächte ohne Maggie... sie dauern einfach so verdammt lange.“

Ike hörte auf zu spielen und trat auf den Balkon hinaus. Sein Blick verlor sich im glitzernden Lichtermeer New Yorks.

Walter Carpenter stand in der Küche und jonglierte mit Orangen. Die Enttäuschung darüber, daß Maggie schon wieder eine Hochzeit hatte platzen lassen, saß nicht so tief wie die, daß er fünfzig Dollar an Mrs. Pressman verloren hatte. Doch inzwischen war für ihn auch das so gut wie vergessen und höchstens noch Stoff für eine seiner Anekdoten.

Großmutter Julia stand an der Anrichte und bereitete Sandwiches zu. Immer wieder warf sie einen mißliebigen

Blick auf das Glas Bier, das ebenfalls dastand. Sie mochte es nicht, wenn ihr Sohn schon vormittags trank, und schon gar nicht zu Hause. Wenn er sich am hellichten Tag besaufen wollte, dann sollte er gefälligst in eine Bar gehen. Doch Julia sagte nichts. Ihr war nicht an Streit gelegen, schon gar nicht jetzt, da Maggie gleich nach Hause kommen würde. Das Mädchen hatte wirklich genug zu ertragen.

Keine zwei Minuten vergingen, als sie den Lieferwagen vorfahren hörte. „Das ist Maggie", sagte Walter und hörte mit dem Jonglieren auf. „Sie kommt zum Mittagessen."

„Seit ihrer letzten Hochzeit verbringt sie ihre Mittagszeit nicht mehr in der Stadt, sondern kommt jeden Tag nach Hause", meinte Julia. „Ich glaube, das ist ein gutes Zeichen."

Maggie kam herein. „Hi, Oma", lächelte sie und küßte Julia auf die Wange, während sie ihrem Vater nur mit einem kurzen Blick begrüßte. „Was gibt's zu essen?"

„Sandwiches mit Truthahn und Käse", teilte ihr die alte Frau mit.

„Deine Großmutter und ich haben nachgedacht", sagte Walter nun. „Vielleicht sollten wir ein Museum eröffnen; ein Museum für Hochzeitsgeschenke." Er verfiel in ausgelassenes Lachen.

„Aufhören!" schrie Maggie da. Walter blieb das Lachen im Halse stecken. Was war das denn? Diesen Ton hatte er von Maggie noch nie gehört. Und er konnte nicht behaupten, daß er ihm gefiel. War sie heute mit dem falschen Fuß aufgestanden? Oder verstand sie neuerdings keinen Spaß mehr? „Was ist denn los?" fragte er verwirrt.

„Du sollst damit aufhören", wiederholte Maggie. „Sag nie wieder etwas in der Art zu mir, hast du verstanden?" Giftige Blicke trafen ihn.

Walter nahm wieder ein paar Orangen. Er wollte nicht zeigen, daß Maggies Abfuhr ihn tief getroffen hatte und versuchte, mit den Früchten zu jonglieren. „Das war doch nur ein Witz, Maggie", sagte er dabei. Doch seine Hände griffen ins Leere, die Früchte plumpsten auf den Küchenboden.

„Ein Witz? Das ist verdammt noch mal kein Witz. Das ist mein Leben!"

„Ein harmloser Witz. Hast du neuerdings keinen Humor mehr?"

„Nein! Es ist demütigend, und du machst das jetzt schon viel zu lange mit mir. Ich habe genug davon. Hör einfach auf damit. Kann ja sein, daß eine Tochter, die Probleme mit ihrem Leben hat, für dich nur eine Lachnummer ist. Aber weißt du was? Mir gefällt es auch nicht, einen Vater zu haben, der ständig betrunken ist. Ich esse in meinem Zimmer!" Maggie nahm den Teller, auf dem Julia für sie eben Truthahn, Käse und ein wenig Salat angerichtet hatte, und lief in ihr Zimmer.

Walter stand mit offenem Mund da. Hatte sie damit sagen wollen, daß er ein Säufer war? Wie kam sie denn darauf? Vielleicht trank er ab und an ein wenig zu viel. Mochte auch sein, daß er ein klitzekleines Alkoholproblem hatte. Aber er war doch kein Säufer!

„Maggie hat ganz recht", fiel Julia da ein und sah ihren Sohn mit einem vorwurfsvollen Blick an. „Manchmal habe ich das Gefühl, du machst nur deshalb ständig deine Witze über sie, damit keiner einen Witz über dich und deine Trinkerei macht."

„Was ist denn mit einemmal in euch gefahren!" rief Walter aus. Er verstand die Welt nicht mehr.

„Es gab Momente, da hätte Maggie ein ermunterndes Wort von dir gebraucht. Aber du hattest nur einen Witz für sie übrig. Als Vater warst du ein ziemlicher Versager. So, das mußte ich endlich mal loswerden."

Walter griff nach seiner Jacke und verließ überstürzt das Haus. Er brauchte jetzt dringend einen Drink, um das alles zu verdauen.

Maggie verbrachte viel Zeit in ihrem Zimmer. Sie schlug mit Fäusten und Füßen auf ihren Sandsack ein, und wenn sie ruhig genug war, setzte sie sich an ihren Arbeitstisch und bastelte an ihren Lampen und den anderen technischen Geräten.

Doch was immer sie tat, es war nicht mehr so wie früher. Etwas hatte sich geändert, und es gab kein Zurück mehr in die alten Bahnen ihres Lebens. Immer öfter blickte sie auf und fragte sich, was Ike wohl gerade machte. Manchmal war die Versuchung, ihn anzurufen so groß, daß sie ihr kaum widerstehen konnte. Sie wählte sogar seine Nummer. Aber dann legte sie auf, ehe er abhob. Sie wußte, daß Ike es ehrlich gemeint und daß sie ihm unendlich weh getan hatte. Nie im Leben würde sie das wiedergutmachen können. Er mußte jetzt von ihr loskommen, und sie durfte ihm dabei keine Steine in den Weg legen.

Vielleicht hatte Peggy recht. Vielleicht war Ike wirklich der Richtige gewesen. Warum hatte es dann mit der Hochzeit nicht funktioniert? Diese Frage verfolgte Maggie wie ein Alptraum. Und mit geradezu visionärer Gewalt kam schließlich die Antwort über sie: Sie war es, die immer noch dieselbe gewesen war. Nichts an ihr hatte sich verändert. Noch immer hatte sie den Wunsch gehabt, ihr Leben in die Hände eines Mannes zu legen, damit dieser ihr die

Verantwortung abnahm. Schon möglich, daß Ike dies besser gekonnt hätte als jeder andere vor ihm, denn niemand wußte so gut über sie Bescheid wie er. Aber es wäre trotzdem nicht richtig gewesen. Sie mußte ihr Leben selbst in die Hand nehmen, mußte bestimmen, in welche Richtung es gehen sollte.

Ich brauche eine Plan, dachte sie, einen Plan für mein Leben. Was würde Bruce Lee in meiner Situation tun? Er würde jemandem gehörig in den Arsch treten. – Maggie wußte, daß sie selbst dieser jemand war. Und sie hatte auch schon eine Idee, womit sie anfangen würde: mit Eiern.

Als Großmutter Julia am nächsten Morgen in die Küche kam, traute sie kaum ihren Augen. Maggie saß am Küchentisch. Vor sich hatte sie alle möglichen Arten von Eiern: Rührei, pochierte Eier, Spiegeleier, weich- und hartgekochte Eier, ein Omelett mit oder ohne Eigelb...

„Was ist denn hier los?" fragte Julie kopfschüttelnd.

„Ich ändere mein Leben", entgegnete Maggie.

Julia hatte nicht das Gefühl, daß das ihre Frage beantwortete; eher im Gegenteil. Sie wollte aber nicht länger stören und ließ Maggie mit ihrem Experiment alleine.

Ike hatte seine erste Verabredung seit der Trennung von Maggie hinter sich gebracht. Daisy, eine junge Frau, die er in der Redaktion seiner neuen Zeitung kennengelernt hatte, würde einen Mann bestimmt sehr glücklich machen; nur eben nicht ihn. Er spürte, daß es noch zu früh war, um schon an einen Neuanfang zu denken.

Seit seiner Zeit in Hale gab es öfter Momente, in denen Ike der Lärm und die Hektik New Yorks zu viel wurden. Noch nie hatte er so oft die Ruhe des Central Park aufgesucht, um sich davon zu erholen. Auch jetzt war er wieder auf dem Weg dorthin. Dabei kam er am „Millenium Hardware Store“ vorüber. Wie gewöhnlich schweifte sein Blick kurz über das Schaufenster. Er war schon am Laden vorbeigegangen, als er schlagartig stehenblieb, um nach ein paar Sekunden umzukehren.

Erstaunt betrachtete er die Lampe. Er hatte sich also doch nicht getäuscht. Er hatte sie schon einmal gesehen, und das kleine Logo bestätigte ihm, daß er richtig lag: „MAG“ stand auf dem Aufkleber. Ike lächelte und ging weiter.

Er verbrachte fast den ganzen Nachmittag im Central Park. Als er sich auf den Heimweg machte, dämmerte es schon. Nach einer weiteren Viertelstunde erreichte er das Apartmenthaus, in dem er wohnte. Er grüßte den Türsteher, einen freundlichen jungen Schwarzen, der ihn heute aber auf eine Weise anlächelte, die Ike irgendwie merkwürdig vorkam.

Doch als Ike die Wohnungstür aufschloß, hatte er das bereits wieder vergessen. Beim Aufhängen seines Mantels in der Garderobe fiel sein Blick zufällig in den Spiegel. Ike erschrak und stand eine Weile wie erstarrt da. Auf der Couch saß Maggie und streichelte Italics, der es sich auf ihrem Schoß bequem gemacht hatte. „Hallo, Ike“, begrüßte sie ihn.

Ike trat in die Mitte des Zimmers. „Sag nichts“, meinte er. „Der Türsteher dieses Gebäudes ist einer deiner Verehrer. Nächstes Weihnachten werde ich ihm ein besseres Geschenk machen, vielleicht verhält er sich dann in Zukunft loyaler.“

Ein hauchdünnes Lächeln trat auf Maggies Lippen. Sie hatte Mühe, ihre innere Unruhe zu bezwingen. „Ich habe mich mit deinem Kater angefreundet", sagte sie. „Es ist doch okay, daß ich hier bin, oder?"

„Du hast mich vor vollendete Tatsachen gestellt. Was soll ich da schon sagen? Ich kann allerdings nicht für Italics sprechen." Italics lautes Schnurren war Antwort genug. „Verräter!" zischte Ike ihn an und ging in Richtung Küche.

„Ich werfe dir nicht vor, daß du böse auf mich bist", sagte Maggie.

Ike fuhr herum. „Böse ist ein sehr mildes Wort dafür", entgegnete er.

„Wie wär's mit wütend?" Sein Blick zeigte ihr, daß auch dieses Wort viel zu schwach war. „Zornig? Stocksauer? Rasend vor Wut? Wie wär's damit?" fragte sie dann.

„Das alles zusammen, und noch ein bißchen mehr", versetzte Ike und verschwand in die Küche. „Was willst du, Maggie?" rief er ihr von dort aus zu. „Bis du geschäftlich hier? Ich habe deine Lampen im Schaufenster gesehen. Sie machen sich dort wirklich großartig."

„Danke. Ich wollte das schon immer mal machen. Und du hattest recht. Die Sachen verkaufen sich hier in New York sehr gut."

Ike tauchte wieder im Wohnzimmer auf, ging dafür aber jetzt zum Balkon und machte dort Licht. Er konnte einfach nicht still vor ihr stehen, sondern mußte die Unruhe in seinem Innern irgendwie umsetzen. „Du könntest wirklich ein völlig andere Karriere machen", sagte er im Vorbeigehen. „Etwas, das sehr viel Aufregender ist, als in einem Eisenwarenladen in Hale zu stehen. Willst du mir jetzt nicht endlich sagen, warum du hier bist?"

„Ich wollte dir erklären, warum ich immer vor dem Leben davongelaufen bin."

Als Ike das hörte, blieb er stehen. Er setzte sich, doch nicht in ihre Nähe, sondern auf einen Stuhl, der an der Balkontür stand. Ein gewisser Sicherheitsabstand konnte nicht schaden. „Hat das irgendeine Bedeutung?“ fragte er.

„Ich glaube schon.“ Maggie räusperte sich. Ihre Stimme klang ein wenig unsicher. „Als ich den Weg zum Altar hinabschritt, ging ich immer auf jemanden zu, der nicht die leiseste Ahnung hatte, wer ich war. Das war aber zur Hälfte auch meine Schuld, denn ich hatte alles getan, um diesen Jemand davon zu überzeugen, daß ich genau das war, was er in mir zu sehen glaubte. Deshalb war es richtig, daß ich fortgelaufen bin, auch wenn ich es schon viel früher tun und dem Mann die Demütigung hätte ersparen sollen. Zu heiraten wäre eine Lüge gewesen. Nur du... du warst der einzige, der mich gekannt hat.“

Ike nickte. „Ja, ich wußte, wer du bist. Nur in einem Punkt habe ich mich getäuscht: Ich dachte, diesmal würdest du es schaffen.“

„Es hat nichts genützt, daß du über mich Bescheid wußtest, Ike; nicht, solange ich selbst nicht Bescheid wußte.“

Wieder nickte Ike. Er spürte, wie ernst ihr all das war, und für einen Moment lockerte sich der Schutzwall, den er um sein Herz errichtet hatte. Er war kurz davor, sie in die Arme zu nehmen. Doch dann erinnerte er sich wieder an die Demütigung, die er ihr zu verdanken hatte. „Es hat wirklich nichts genützt“, sagte er. „Am Ende bin ich doch einem Lieferwagen nachgelaufen wie ein... Idiot.“

Er stand auf und trat auf den Balkon hinaus. Alle Gefühle waren wieder da: der Schmerz, die Scham, die Verzweiflung – aber auch die Liebe zu Maggie. Und das hielt er im Moment für das Gefährlichste.

Maggie folgte ihm auf den Balkon. Von hier aus bot sich eine wundervolle Aussicht über den Central Park. Dahinter funkelten die Lichter der Stadt wie Sternhaufen am Firmament. Ike sah auf dieses wundervolle Panorama hinaus. Aber er nahm jedes Wort, das sie in seinem Rücken sagte, in sich auf.

„Ich kann verstehen, warum du darüber nicht hinwegkommst. Laß mich erklären. Tatsache ist, daß du mich am Tiefpunkt meines psychotischen Zustandes kennengelernt hast. Wenn du mich aber sogar in diesem Zustand lieben konntest... ich meine, heute..."

Sie trat dicht an ihn heran. „Omelett", murmelte sie. „Ich liebe Omelett. Und ich hasse alle anderen Arten von Eierspeisen." Sie zögerte, verunsichert dadurch, daß er keinerlei Reaktion zeigte. „Außerdem mag ich keine großen Hochzeiten", fuhr sie dann fort. „Ich würde gerne an einem Wochentag heiraten, wenn alle arbeiten. Und wenn ich schon in den Sonnenuntergang reite, dann auf meinem eigenen Pferd."

Ike sah sie an. „Sollte ich das aufschreiben?"

Sie ging zurück in die Wohnung und kam gleich darauf mit einer Schachtel zurück, die sie Ike hinhielt. „Was ist das?" fragte er und öffnete die Schachtel. Darin befand sich ein Paar Sportschuhe.

„Das sind meine Laufschuhe", erklärte Maggie.

„Gebraucht?"

„Ich habe sie schon seit Jahren. Aber jetzt will ich sie dir geben. Ich brauche sie nämlich nicht mehr."

„Irgendwie wird das Ganze ziemlich ernst."

Ike sah sie an. Was hatte das alles zu bedeuten? Konnte er ihr noch einmal vertrauen, obwohl er schon einmal so bitter enttäuscht worden war? Er wußte es nicht. Er wußte nur, daß er gerade in die Augen der bezauberndsten Frau blickte, die ihm jemals über den Weg gelaufen war. Aber würde das reichen?

„Und noch etwas", fügte Maggie nun hinzu. „Ich weiß, es ist schwer zu glauben, daß ich noch mehr zu sagen habe. Schließlich rede ich schon die ganze Zeit auf dich ein, aber... Das ist mir wirklich wichtig."

Maggie warf einen Blick um sich. Sie sah einen Liegestuhl und schob ihn so hin, daß man genau die Großstadtlichter vor sich hatte. Dann sagte sie sanft: „Setz dich, bitte!"

Ike hatte nicht die leiseste Ahnung, was sie jetzt wieder vorhatte. Mit fragenden Blicken ließ er sich nieder. Maggie nahm die Schachtel mit den Schuhen, die er noch immer in der Hand hielt, und legte sie neben den Stuhl. Dann kniete sie sich vor ihn hin.

„Ach du lieber Gott!" rief Ike aus, der langsam ahnte, was auf ihn zukam. Maggie lächelte ihn nur an.

„Hör auf!" rief Ike belustigt aus und nahm die Hände vor die Augen. Doch Maggie entfernte seine Hände wieder. „Sieh mich an", forderte sie ihn auf. „Sowas passiert nur einmal in deinem Leben. Für mich ist es jedenfalls das erste Mal, und du willst dir das doch nicht entgehen lassen, oder?"

Lächelnd sah Ike Maggie jetzt an. Mit tiefem Ernst in der Stimme sagte sie: „Ich liebe dich, Homer Eisenhower Graham. Willst du mich heiraten?"

Ike hatte das Gefühl, er würde einen Tennisball verschlucken. Er war überwältigt und überglücklich. Und gleichzeitig befiel ihn Panik.

„Hör zu, Maggie", sagte er, „ich muß darüber erst nachdenken."

Maggie sprang auf. Daß er nicht ja gesagt hatte, schien sie keineswegs zu enttäuschen. Eher im Gegenteil. „Ich habe gehofft, daß du das sagen würdest“, meinte sie dann auch.

„Das glaube ich dir nicht!“ versetzte er lachend.

„Es stimmt aber. Wenn du nämlich ja gesagt hättest, hätte ich nicht die Möglichkeit gehabt, den zweiten Teil anzubringen. Und schließlich habe ich lange dafür geübt.“ Sie zog sich einen Stuhl heran und setzte sich. „Bist du bereit?“

„Ich höre dir zu.“

Maggies Stimme wurde weich und samtig, ein ganz besonderer Glanz trat in ihre Augen, während sie sagte: „Ich verspreche dir, daß wir manch harte Zeit vor uns haben. Ich verspreche dir, daß ein Zeitpunkt kommen wird, an dem einer von uns beiden am liebsten aus der ganzen Sache raus will. Aber ich versichere dir auch, daß ich es bis ans Ende meines Lebens bereuen würde, wenn ich dich nicht gefragt hätte, denn tief in meinem Herzen weiß ich, daß du der einzige Mann für mich bist.“

Ike erkannte diese Worte natürlich wieder. Er war tief bewegt, als er sie jetzt aus Maggies Mund vernahm. „Eine schöne Ansprache“, lächelte er und nahm ihre Hände.

„Ich hab sie mir bei einem Bekannten ausgeliehen, weißt du. Also, was sagst du?“

Ike sah Maggie lange ins Gesicht. Statt zu antworten, stand er überraschend auf, ging hinein und legte eine Platte auf. Dann kam er zurück. „Möchtest du mit mir tanzen?“ fragte er.

Maggie stand auf. Ike zog sie an sich. Sie tanzten eng umschlungen. Schließlich legte Maggie ihren Kopf an Ikes Schulter. Sie hatte das Gefühl, zu Hause angekommen zu sein.

15

Auf einem grünen Hügel ein Stück außerhalb von Maryland hatte sich eine Gruppe von weniger als zwanzig Leuten versammelt. Sie schienen auf jemanden zu warten. Zwischen ihnen war im Gras aus buntem Herbstlaub ein Weg markiert, an dessen Ende ein Priester stand, der immer wieder ungeduldig auf die Uhr blickte. Eine Frage wurde von allen Leuten immer wieder gestellt: „Wo bleibt sie denn? Sie wird doch nicht schon wieder –?"

Erleichterung machte sich breit. Auf einem Nachbarhügel tauchten ein Pferd auf, auf dem eine Frau in einem Brautkleid saß: Maggie.

Ike atmete tief durch. Mit begeisterten Rufen und überschwenglichem Applaus wurden Maggie empfangen. Glücklich sah sie sich in der Runde um. Nur Familienangehörige waren da und die engsten Freunde, darunter Ellie und Fisher, Bob, aber auch Brian und Gill. Peggy und Cindy waren auch diesmal wieder die Brautjungfern, und so wie es aussah, spielten sie ihre Rolle heute zum letzten Mal.

Der Pastor klatschte in die Hände, um sich Gehör zu verschaffen. „Bitte, meine Herrschaften!" mahnte er. Ike stand längst am Ende des Blätterweges und erwartete seine Braut. Ruhe kehrte ein. Gemessenen Schrittes kam sie den Gang entlang, die Blicke immer auf Ike geheftet. Kein Zögern, kein Zaudern war zu spüren, nur freudige Erwartung und ein grenzenloses Verlangen nach dem Mann, den sie liebte.

Der Pastor begann seine Gebete und kam schließlich zum feierlichsten Teil der Zeremonie. „Willst du, Margret, den hier anwesenden Homer Eisenhower vor Gott und den Menschen zu deinem dir angetrauten Ehemann nehmen, dann antworte jetzt mit ‚Ja'."

Maggies ‚Ja' war nicht zu überhören. Nach dem Tausch der Ringe nahm Ike seine Frau in den Arm und küßte sie unter dem Applaus der anwesenden Hochzeitsgäste. Sie waren beide glücklich, daß sie sich endlich getraut hatte.

ENDE